딩동! 월급이 입금되었습니다

딩동!
월급이
입금되었습니다

뜬구리(권서영) 지음

더 퀘스트

돈 이야기가 하고 싶은데

"적금과 예금의 차이가 뭔 줄 알아?"

이제 막 말을 놓기로 한 동기와 함께하는 퇴근길, 우리는 적금과 예금에 대한 이야기를 나누었다.

"그 뭐냐… 적금은 돈을 계속 넣는 거고, 예금은 한 번 넣고 끝, 아닌가?"

동기도 나도 겉핥기 식일 뿐, 적금과 예금의 차이를 깔끔하게 설명하지 못했다. 이제 자신의 인생을 책임져야 하는 20대 중반의 나이임에도 이렇게 지식이 부족하다니! 그마나 관심이라도 있는 걸 다행이라고 생각해야 하나?

돈을 쓰는 법만 알았지, 돈에 대해 궁금증을 갖기 시작한 건 본격적으로 벌이에 나서면서부터였다. 한 달에 한 번 월급이 손에 들어오니 그 돈을 어떻게 해야 할지 알아야만 했다. 그래서 점심시간이면 회사 선배들에게 살짝 말을 건넸다.

"저, 궁금한 게 있는데요. 재테크는 어떻게 해요?"

'질문만 잘해도 칭찬받는다는 신입사원이니 의지만 보인다면 누군가가 이것저것 알려주지 않을까?'하는 생각에 팁을 적기 위한 메모장도 늘 주머니 한편에 준비해 놓았다.

"뭐, 그냥 적금해!"

돌아오는 대답은 대부분 우선 모으라는 것이었다. 맞는 말이었다. 시드머니도 모으지 못했으면서 재테크라니! 내가 너무 욕심을 부렸다. 하지만 알아챈 건 그뿐만이 아니었다. 쉬쉬하는 공기가 느껴졌다. 누가 듣기라도 할까봐 다들 속삭이듯 작은 목소리로 말했다. 가벼운 질문에 돌아온 답변은 너무나 조심스러웠다.

혹시 무례한 질문이었던 걸까? 나는 결국 주변 사람들

에게 물어보는 건 그만두기로 하고 인터넷으로 고개를 돌렸다.

'그래! 돈에 관심 있는 사람들을 내기 직접 찾아보자!'

결론부터 말하면, 이렇게 재미있는 공부는 정말 오랜만이었다. 왜 월급을 모아야 하는지, 돈을 어떻게 써야 하는지 등 돈에 대해 알아가는 재미에 오히려 퇴근 후 시간이 더 바빴다. 그렇게 알게 된 정보들을 동기와 친구들에게 공유하자 월급을 어떻게 관리하고 있는지 묻는 사람이 하나둘 늘어갔다. 아무래도 내가 선택한 방향이 맞나 보다!

하지만 그런 생각에 조금씩 금이 간 건 나와 정반대인 사람들을 만나면서부터였다. 나와 비슷한 사람이 있으면 정반대의 사람도 있고 영 관심이 없는 사람도 있는 법! 나처럼 돈을 모으는 것 자체에 흥미를 느끼는 사람도 있고, 무언가를 사 모으는 게 즐거움인 사람도 있고, 남들보다 먼저 새로운 기기를 얻는 것에 희열을 느끼는 사람도 있다. 심지어 돈이든 물건이든 그 어떤 것에도 시큰둥한 반응을 보이는 사람도 있다. (지금도 가장 신기한

부류다.)

지금부터 열심히 돈을 모아야 재테크를 할 수 있고 그래야 순조롭게 스타트를 끊을 수 있다는, 나에겐 당연했던 논리들이 어떤 사람들에겐 통하지 않았다. 한 사안을 100명의 사람에게 물으면 100가지 방법이 나온다는 단순한 공식이 그제야 떠올랐다. 사람들이 어떤 말을 하든 자신의 논리가 바뀌지 않을 거라 생각한다면, 반대로 내 말에 사람들의 생각이 쉽게 뒤집힐 거라 예단해선 안 된다. 결국 너는 너, 나는 나일 뿐이다.

재테크 방법을 묻던 그때가 생각났다. 선배들의 조심스러운 대답은 배려였을지도 모른다. 다른 생각을 가졌을지도 모를 타인의 심기를 건드리지 않으려 말이다. 어느새 누군가가 먼저 돈 이야기를 꺼내지 않는 이상, 모른 척하는 것이 편해졌다.

돈 이야기를 하고 싶어 항상 입이 근질근질했던 아이도 이제는 조용히 침묵을 지키게 되었다. 하지만 버릇은 남 못 준다고, 예전처럼 나서서 이야기를 꺼내지 않을 뿐이지 나와 비슷한 사람을 발견하면 눈이 번쩍 떠지는 건 예나 지금이나 변하지 않았다. 관심이 가는 친구가 있으면 간식거리 하나 건네며 꼬셔냈던 새 학기처럼 "혹시 돈 좋아하세요?"라고 말하며 볼을 콕 찌를 수도 없는 노릇이고.

생각이 비슷한 사람을 만난다는 건 당연한 게 아니다. 엄청난 행운이다. 사람을 떠보는 어른이 되어버린 건가 싶어 진지하게 나를 되돌아보기도 했지만, 그만큼 조심성이 늘어난 것이라고 좋게 생각하기로 했다.

한 가지 재미있는 점은 이 세상엔 정반대의 사람이 있으면 비슷한 사람도 분명 있다는 것이다. 주변을 아무리 둘러봐도 없는 것 같지만, 아니다. 눈만 내밀고 서로를 기다리고 있을지도 모른다. 같은 생각을 하는 존재가 있다는 것만으로도 위로가 되는 법이니까. 입 밖으로 꺼내고 싶지만 내뱉을 곳이 없어 꾹꾹 간직해온 말들이 누군가의 속에도 들어 있을 수도 있다.

《딩동! 월급이 입금되었습니다》는 그렇게 혼자 자리를 지키고 있는 친구들을 위한 책이다. 말할 곳이 없다면 먼저 목소리를 내 찾아 나서기로 했다. 사회초년생이 돈에 대해 익히며 기록한 것에 불과하지만, 누군가는 이 작은 대화를 원할지도 모른다고 생각했다. 지극히 사사로운 글과 생각들이 떠다니는 세상에서 돈이라는 연결점 하나로 마주할 수 있다는 건 정말 특별한 일이다.

오늘도 나는 누군가가 들을까 두려워 속삭이듯 작게 건네는 말 대신 돈에 대해 마음껏 터놓고 이야기할 수 있는 공간을 꿈꾼다.

뙨구리(권서영)

──── 차례 ────

(#1) 내 월급이 내 미래까지 책임져줄까?

#2 돈 모으기에도 벌크업이 필요해

#3 돈 쓰기도 전략적으로

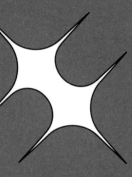

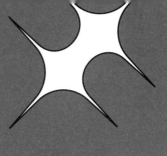

내 월급이
내 미래까지
책임져줄까?

알바,
해볼래?

★★★★☆

미술 학원 아르바이트

장점: 그림도 그리고 아이들과 놀기
단점: 빌런 친구 등장 시 난이도 급상승

집중을...   애들아

★★★☆☆

박람회 판촉 아르바이트

장점: 날로 업그레이드되는 영업 멘트
단점: 똑같은 말 반복으로 기계화

+ 자본주의 미소

+ 친절함과
귀찮음이
공존하는 말투

★★★★★

외주 아르바이트

장점: 포트폴리오로 활용 가능
단점: 계약서 제대로 쓰지 않을 시 노예 계약

어머! 수정을 또요?

(사람인가...)

쉽지 않네

내 월급이 내 미래까지 책임져줄까? ✦ 🔟🔟

5… 4… 3… 2… 1… 땅! 오늘부터 성인이다! 한 발짝 내디딘 스무 살의 야망 아닌 야망은 그렇게 시작되었다. 정신없이 휘몰아치던 입시가 끝나자마자 운이 좋게도 다니던 미술 학원에서 보조 강사로 일해보지 않겠냐는 제안을 받았다. 그 한마디에 아마도 평생 몸담을 돈의 세계로 풍덩 빠져버렸다.

지금까지의 지출 루틴은 비슷했다. 학교가 끝나면 아침에 받은 용돈을 들고 꼭 달려가던 곳이 있었다. 초등학생 때는 유행의 중심이던 학교 앞 문방구로 달려갔고, 중고등학생 때는 각종 식당으로 발을 넓혔다. 나에게 돈은 그저 어떻게 써야 할지 고민하는 대상일 뿐이었다. 그런데 내가 돈을 벌게 된다고? 그 당시에는 그저 황송한 마음이었다.

나의 첫 아르바이트는 그림을 망쳐 우울해하는 아이들의 작품을 살려주는 업무가 대부분이었다. 살아난 그림을 보며 연신 감탄사를 내뱉는 아이들 덕분에 꽤 즐겁게 일을 했다. 학업에 집중하고자 어쩔 수 없이 그만둬야 했지만, 첫 시작이 너무나 좋아 방학이면 어떤 아르바이트를 할지 기대감에 잔뜩 부풀어올랐다.

　그 후 박람회 부스, 사진관 등 아르바이트 라이프는 계속되었다. 하지만 미술 학원만큼 만족스럽지는 않았다. 단기 아르바이트를 하다 보니 높은 경쟁률과 상대적으로 낮은 시급도 고민이었다. 그러던 와중에 평균 6~7천 원인 공고 사이에서 1만 원이 넘는 공고가 눈에 들어왔다. 시급이 유난히 높은 데는 분명 이유가 있겠지. 몸이 부서지게 힘들거나 유흥이거나!

　내 몸에 잠재된 레이더 촉이 '뒤로 가기'를 클릭하라고 외쳐댔다. 하지만 그 외침을 무시하고 결국 공고를 클릭했다. '아로마 테라피'라는 불친절한 설명과 대충 적어놓은 시급이 전부였다. 쿨하다 못해 아무것도 없는 공고를 본 나는 호기심에 멱살을 제대로 잡혀버렸다. 궁금함에 전화를 걸었고, 면접 시간을 정했다.

　약속 장소에서 만난 직원은 생각보다 멀쩡해 보였다. 직원이 골목길로 요리조리 데려간 곳은 역시나 이상한 불빛이 가득한 불법 유흥업소였다. 화들짝 놀라 말도 안 되는 말을 내뱉으며 뒷걸음질로 그곳을 빠져나왔다. 도망치는 나를 잡지도 않고 '가라!'라고 말하는 듯한 직원의 표정이 지금도 생각난다. 사람을 한두 번 낚은 게 아닌 듯해 너무나 괘씸했다. 유난히 돈을 많이 주는 데는 다 이유가 있다. 눈치도 없이 룰루랄라 따라간 내 자신이 무지하다 못해 멍청하게 느껴지기까지 했다.

누구나 할 수 있는 아르바이트인데 돈까지 턱턱 얹어 준다면 분명 무언가 구린 일이거나 특출한 스킬을 가지고 있어야 한다. '특출한'이라는 단어가 들어간 이상 누구나 할 수 있는 아르바이트가 아니긴 하지만 말이다. 아! 스킬! 무턱대로 높은 시급만 쫓았던 나의 아르바이트 연대기는 그즈음부터 전공 관련으로 방향을 바꾸었다.

포트폴리오를 준비하며 돈까지 벌 수 있는 기회이니 대학생인 나에게는 꽤 구미가 당기는 선택이었다. 다만, 작업만 할 줄 알지 어떻게 계약을 하는지는 전혀 알지 못했다. 견적을 내본 경험도 당연히 없었다. 대략적인 견적도 알지 못하면서 포트폴리오를 만든다는 열정 하나로 밀고나갔다.

그렇게 연락이 닿은 곳은 알파벳 교육 영상이 필요한 유아 교육 회사였다. 그다지 어렵지 않은 작업이라 결정을 하는 데는 그리 오랜 시간이 걸리지 않았다. 그런데 계약서를 쓰지 않은 구두계약이었다는 사실이 나를 옭아맸다. 수정 제한을 걸지 않아 담당자는 끊임없이 무언가를 요구했고, 마무리도 점점 미뤄졌다. 약속한 영상 몇십 개를 어떻게 마무리했는지 기억도 잘 나지 않는다. 깔끔하고 영양가 있는 일도 많이 했는데 유난히 그때의 기억이 선명한 걸 보면 계약서 같은 기본 사항도 제대로 파악하지 못한 스스로가 꽤 실망스러웠나 보다.

돈을 쓸 줄만 알았지, 버는 건 해본 적이 별로 없었다. 돈에 대해 잘 알지 못하는 상태에서 돈을 벌려고 하니 이리저리 휘둘렸다. 어디서부터 잘못됐는지 당당하게 말도 꺼내지 못했다. 무턱대고 부딪히는 게 능사가 아니었다. 아는 것이 없으니 이용만 당할 뿐이었다. 갑자기 내가 길바닥에 내쳐진 돌멩이처럼 느껴졌다.

돈을 가까이하고 싶다면 돈을 다룰 줄 알아야 한다! 그래야 첫 월급을 받는 그 순간부터 돈에, 사람에 휘둘리지 않을 수 있다.

걱정한다고
해결되나

내 월급이 내 미래까지 책임져줄까? ✦ 💯

드디어 길고 긴 16년의 교육 과정이 마무리되었다. 이제 남은 것이라고는 희미하게라도 밝혀진 진로, 약간의 전공 지식 그리고 학사모를 쓰고 찍은 몇 장의 사진뿐이었다. 대학 졸업의 무게는 고등학교 때와는 완전히 달랐다. 미취업 상태의 졸업자는 마냥 환하게 웃을 수 없었다.

학사모를 벗자마자 곧바로 취업 준비에 몰두했다. 지금까지 했던 활동들을 영혼까지 끌어 모아 포트폴리오를 만들고, 별 내용 없는 자기소개서를 몇 번이고 수정했다. 하지만 무슨 배짱인 건지 이력서를 뿌릴 생각은 하지 않았다. 원하는 업무 스타일을 가진 회사에서 채용 공고를 올릴 때까지 매일 게시판을 노려보았다. 그리고 때마침 한 디자인 스튜디오의 공고가 내 눈에 들어왔다. 이때다 싶어 모든 기를 모아 이력서를 제출했다.

결과는 합격이었다!

순조롭게 진행된 입사에 마음에 쏙 드는 직부라니 뿌듯함이 몰려왔다. 10~20분 일찍 도착하기, 깔끔한 복장 준비하기, 인사 제대로 하기 등 인터넷에 올라온 신입사원 첫 출근 체크리스트를 확인하며 설레는 마음으로 시뮬레이션을 하고, 또 했다. 그렇게 나의 첫 사회생활이 시작되었다.

한 달 후, 나의 산뜻한 출발을 축하해주듯 통장에 월급이 입금되었다. 내 인생에서 두고두고 회자될 역사적인 첫 월급은 연봉 2,400만 원, 세후 180만 원! 인터넷에 올라와 있는 평균 연봉에 비하면 말도 안 되게 적었지만 원래 초봉이 낮은 직업이니 그러려니 했다. 그 전까지 아르바이트를 하며 40~50만 원, 많아봤자 80만 원을 벌었기에 그리 못마땅한 금액도 아니었다. 오히려 백 단위가 넘어가는 돈을 보니 보상 심리가 꿈틀댔다.

하지만 성적순으로 쭉 나열한 등수처럼 내 월급의 등수를 알게 되기까지는 그리 오랜 시간이 걸리지 않았다. 입사한 지 얼마 안 된 사회초년생들은 서로의 월급을 궁금해했다. 물어봤자 좋을 게 없다는 걸 뻔히 알면서도 기어코 난 입에 올리고 말았다.

결국 돌아온 건 비교뿐이었다. 운 좋게 좋아하는 일을 발견했고 그 길을 향해 가고 있었지만 현실의 비교 앞에서는 뿌듯함도 소용없었다. 궁금증을 해소하고자 했던 행동의 결과는 썩 좋지 않았다. 많은 사람이 눈앞에 보이는 숫자와 등수 매기기에 열을 올리는데, 나 역시 그들과 별반 다르지 않았다. 그다음 선택지는 총 세 가지였다.

1. 이직

포트폴리오를 더 알차게 만들어 지금보다 높은 연봉의 원하는 직무로 이직하기. 하지만 이제 막 입사한 신입이 "월급이 너무 적군요! 안녕!" 하고 쿨하게 사직서를 던지기란 쉽지 않았다. 포트폴리오를 더 준비한다고 해서 높은 연봉의 문이 덜컥하고 열릴까? 준비하는 데 드는 기회비용과 희망 연봉의 실수령액을 비교하면… 까딱하다간 시간 낭비가 될 터였다.

2. 더 벌기

당시 내가 아는 '더 벌기'란 시간을 교환하는 일이었다. 예를 들면 퇴근 후 아르바이트, 주말을 이용한 외주 등 피로는 쌓이겠지만 효과는 확실하게 보장되는 방법이었다. 하지만 아직 수습 기간인 신입이 회사에서 매일 졸기라도 한다면? 이 방법은 직장생활에 완벽하게 적응하고 난 뒤로 미루기로 했다.

3. 더 모으기

1만 원을 벌기 위해 시간을 쏟는 것과 순간의 욕구를 참고 지갑에서 1만 원을 꺼내지 않는 것 중 어떤 게 더 간편할까? 난 후자를 선택했다. 스스로 컨트롤한다는 게 쉽진 않겠지만 충분히 도전해볼 만했다. 거창한 계획표를 세울 필요도 없이 오늘 퇴근길부터 당장 실천 가능한 그래, 바로 이거다!

새로운 목표가 생기니 더 이상 다른 사람들의 상황이 궁금하지 않았다. 가장 궁금한 건 '나'였다. 좋아하는 것도, 성향도 다른 타인과 나를 비교할 시간에 과거의 나와 지금의 나를 비교하는 것을 택했다.

고민이 있다면 새로운 목표를 세워보자. 그 목표를 어

떻게 달성할지 머리를 굴리느라 다른 것은 신경 쓸 겨를이 없다. 정신을 차려보면 자신을 괴롭히던 작은 생각들은 어느새 빛바랜 고민이 되어 있을지도 모른다.

TIP. 연봉, 공유한다? 안 한다? ✦

내 연봉이 연차 대비 어느 정도까지 올라왔는지를 적당히 확인하는 목적이라면 추천! 저는 직종 관련 커뮤니티나 오프라인 모임을 아주 요긴하게 활용했습니다. 하지만 단지 호기심 때문이라면? 영 얻을 게 없다는 게 결론. 아, 잠깐의 뿌듯함이나 시무룩해진 기분을 얻긴 했네요. 차라리 그 시간에 어떻게 해야 돈을 더 벌 수 있을지나 고민할 걸 그랬어요. 그렇지만 그때로 다시 돌아간다면 또 여기저기 연봉을 묻고 다니지 않을까요? 연봉! 모르는 게 나은 걸 알면서도 물어보게 되는 이 개미지옥 같은 녀석!

상상은 자유,
기대는 덤

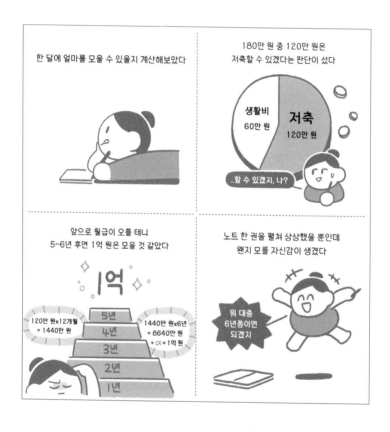

한 달에 얼마를 모을 수 있을지 계산해보았다

180만 원 중 120만 원은
저축할 수 있겠다는 판단이 섰다

생활비
60만 원

저축
120만 원

..할 수 있겠지, 나?

앞으로 월급이 오를 테니
5~6년 후면 1억 원은 모을 것 같았다

1억

5년
4년
3년
2년
1년

120만 원x12개월
= 1440만 원

1440만 원x6년
= 8640만 원
+ α = 1억 원

노트 한 권을 펼쳐 상상했을 뿐인데
왠지 모를 자신감이 생겼다

뭐 대충
6년쯤이면
되겠지

내 월급이 내 미래까지 책임져줄까? ✦ 💯

이 상상의 최대 장점은
돈을 부담 없이 대할 수 있다는 것!

여기서부턴 학자금 대출 상환액을
줄이고 저축액을 늘리는 게 어때?

흠...

부담 없이 가볍게 시작했지만
점점 구체적인 로드맵이 그려졌다

인소 쓰던 실력 안 죽었군

1년에 최소 1500만 원
월급이 오르면 오른 만큼 다 붓기
6년에 1억 원 → 4년으로 당기기
3천만 원 모으고 투자

성공하지 못한다 해도 즐거웠으니 됐다

이건 왠지 안 될 거 같은데~

아니다, 혹시 모르려나?

청내공* 받고나면
속도가 더 오를 거 같은데?

생각보다 금방
모으겠네

*청년내일채움공제

돈을 제대로 모아봐야겠다고 결심한 뒤 가장 먼저 한 일은 내가 얼마를 쓰고 모으는지를 정확하게 파악하는 일이었다. 모든 일은 노트 한 권에서부터 시작되었다. 대충 손에 잡힌 페이지를 펼치고 생각나는 대로 월급 소비 흐름을 하나하나 적어보았다.

월급은 180만 원, 부모님 집에서 얹혀살고 있으니 월세는 패스, 지난 달 카드 사용 내역을 보니 생활비는 50만 원 정도, 한 달 운동비는 10만 원이었다. 딱히 뭘 하는 것도 없는 것 같은데 한 달에 60만 원이나 쓰다니! 조금 더 줄일 수 있을 것 같았지만 예산은 자연스럽게 잡기로 했다. 처음부터 허리띠를 바짝 졸라매기보단 눈치채지 못할 정도로 조금씩 줄여나가는 게 스트레스가 덜하겠지.

일단 한 달에 120만 원을 저축할 수 있었다. 100만 원 이상 저축할 수 있다는 사실이 꽤 감격스러웠다. 만약 1년 동안 저축에 성공한다면 1,440만 원을 모을 수 있다. 3년이면 4,320만 원, 5년이면 7,200만 원!

계산할수록 늘어나는 금액에 미소가 절로 지어졌다.

잠깐! 생각해보니 5년 후에도 월급이 그대로 일 리 없잖아! 물론 월급이 무조건 오른다고 장담할 순 없지만 지금보다는 인상될 거라는 생각에 온몸에 행복 에너지가 차올랐다. 만약 그 사이에 더 벌기에 도전한다거나 투자를 한다면 기간이 그보다 더 단축되지 않을까?

생각을 하면 할수록 지금까지 모은 돈보다 앞으로 만들어나갈 돈이 더 궁금해졌다. 이참에 계속 상상해보기로 했다. 월급이 오르고 여러 활동을 병행하다보면 대략 5~6년 사이에 1억 원을 모을 것이다. 그쯤이면 30대가 될 텐데 결혼도 하려나? 뭐, 조금 이른 감이 있는 것 같지만 혹시 모르니 염두에 두긴 해야겠다. 그럼 집도 사야겠지? 하나 있으면 좋긴 하겠다. (고백하자면 지금까지 이 중에 이루어낸 것이 하나도 없다.)

주위 사람들에게 들기론 돈 모으기는 시간이 지날수록 가속도가 붙는다고 하던데 만약 5~6년 사이에 1억 원을 모은다면 그다음 2억 원을 모으기까지는 4년이면 충분하지 않을까? 1억 원은커녕 1천만 원도 모아보지 못한 상태였지만 상상을 하는 데는 돈이 들지 않으니 노트 하나를 펼쳐놓은 채 자유롭게 상상해보았다.

걸핏하면 이런 행복한 상상을 하다 보니 바뀐 것도 있었다. 내게 돈은 더 이상 부담스러운 존재가 아니었다. 이렇게 해볼까? 여기서 이쪽 길로 빠지는 건 어떻게 생각해? 마치 돈이 말도 안 되는 농담도 툭툭 건넬 수 있는 친구처럼, 편안하게 느껴졌다. 함께 여행을 떠날 친구와 아이스크림 하나씩 들고 어디에 갈지, 공연을 볼지, 근사한 식사를 할지 합을 맞추는 것만 같았다.

0에서부터 시작할수록 미래를 더욱 긍정적으로 바라보아야 한다. '어떻게든 되겠지' 하는 주먹구구식과는 다르다. 실천 없는 상상은 망상으로 그치겠지만 한 걸음 내딛는 상상은 차근차근 단계를 밟아나갈 힘이 되어준다.

처음부터 억 단위를 모으겠다는 마음으로 시작했다면 막막함에 지레 포기해버렸을지도 모른다. 유난히 막막함이 느껴질 때면 "아니면 말고"라고 말하며 부담을 덜어내곤 했다. 여기저기 뱉어버린 말은 지켜야 하는 일이 되지만, 나 혼자만 알고 있다면 마음껏 수정해도 된다. 돈을 모으는 과정은 나만 알고 있는 이야기이니 자유로울 수 있다. 구체적이지 않아도 미래를 그려보는 일은 그 자체로 의미가 있다.

　내가 가진 것의 힘을 믿어보자. 당장 저축 목표를 잡고 일정 수준의 돈이 모였을 때의 행복한 미래를 마음껏 그려보자. 내가 내 편이 아니라면, 누가 내 편이 되어줄까? 불안함은 잠시 행복 회로에 태워 떠나보내고 자유로운 상상의 힘을 믿어보기 바란다. 미래의 내가 지금을 본다면 '그럼에도' 행복했던 모습으로 기억되는 것도 괜찮지 않을까?

인생 첫 대출,
학자금

내 월급이 내 미래까지 책임져줄까? ✦ 💯

-에서 0으로 채워가는 게 아닌
0에서 +로 올라가는 중이라고 생각했다

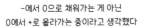

대출 갚는 중?
아니다

지금은
저축 중인 거다

정신 승리

저축액의 50%를 학자금 대출 상환에 썼고
갈수록 비중을 늘려갔다

GO

다다다 다다다

장점이라면 학자금 덕에(?)
다른 곳에 눈 돌릴 틈이 없었다는 것

언제까지 빚을 들쳐매고 다닐 순 없으니
빨리 탈출할 방법을 찾아야 했다

꾸

왜 이렇게 무겁나!
살 좀 빼!

고된 수험생활을 마치고 받은 대학 합격증. 누구나 그렇듯 머릿속에선 행복 회로가 풀가동되고 있었다. 머리는 어떻게 손볼지, 옷은 뭘 입을지 생각하며 두려움 반, 설렘 반으로 입학할 날만을 손꼽아 기다렸다.

그러던 어느 날, 등록금 고지서가 집에 도착했다. 아! 그렇지, 등록금을 내야 하지! 등록금 고지서의 작은 글씨를 들여다보던 부모님께서 이렇게 말씀하셨다.

"학자금 대출은 이율이 낮으니 대출을 받아 등록금을 내는 게 좋겠다."

돈이라고는 용돈만 받아본, 이제 갓 고등학교를 졸업한 나는 무슨 소린지 도통 이해가 되지 않았다. 어찌 됐든 대출을 받으라는 말인가? 대출이라는 말을 들으니 머리에 잔뜩 힘을 주고 일수가방을 든 사채업자가 떠올라 조금 무서웠다. 하지만 '남들도 다 한다는데 설마 위험하겠어?' 하는 생각으로 마음을 다독이며 학자금 대출을 신청했다.

방법은 매우 간단했다. 홈페이지에 나와 있는 설명대로 찬찬히 단계를 밟아가니 클릭 몇 번으로 등록금 몇백만 원이 지급되었다. 인생 첫 대출 승인이었다.

그리고 풋내 풍기는 3월, 드디어 캠퍼스에 발을 들였다. 친구들과 진탕 술을 마시기도 하고 밤새 과실에 틀어박혀 과제에만 열중하기도 했다. 특별한 일이 없는 밤에는 편의점에서 간식을 잔뜩 사와 친구들과 나누어 먹으며 낄낄거렸다. 가끔은 아르바이트를 구해 부족한 용돈을 충당했다. 돈이란 그저 오늘 내일 맛있는 밥을 사먹을 수 있는 생활비였다. 학자금 대출을 받았다는 사실은 잊은 지 오래였다.

그런데 언젠가부터 아르바이트에 쏟는 시간이 아깝게 느껴졌다. 그 시간을 과제에 쏟는다면 지금보다 학점을 더 잘 받을 수 있을 텐데, 그러면 장학금도 노려볼 수 있지 않을까? 이게 내 미래에 더욱 도움이 될 것이란 확신이 들었다. 늘어나는 빚이 걱정되긴 했지만 고민 끝에 아르바이트를 중단하고 생활비 대출을 더 받기로 결정했다.

그 당시 나는 공부할 시간이 늘었으니 장학금을 받아 나중에 갚으면 된다는 근본 없는 믿음을 갖고 있었다. 대출을 받은 해부터 학자금 대출 이자가 2%대로 급격히 낮아졌다는 점은 그나마 다행이었다. 어쨌든 대출 내역은 계속해서 쌓여갔다.

끝나지 않을 듯한 대출도 졸업을 하면서 종지부를 찍게 되었다. 학교를 떠나 돈을 벌게 되자 본격적으로 돈 관리를 해야겠다는 생각이 들었다. 하지만 나는 그때까지 적금 한 번 들어본 적 없는 사람이었다. 학자금 대출이 있다는 사실만 알고 있을 뿐 얼마가 남았는지도 모르는, 금융 지식이라고는 전혀 없는 사람이었다.

우선 가지고 있는 내역을 살펴보았다. 역시나 모아둔 돈은 없고 대출 내역만 가득했다. 1차 목표는 이미 정해져 있었다. 어마어마한 학자금 대출을 없애는 것! 욕심이 많아 남들이 하는 건 다 따라 하고 싶었기에 적금도 함께 들기로 했다. 월급은 적었지만 저축할 수 있는 최대한의 금액을 잡았다. 그 금액을 학자금 50%, 적금 50%로 나누어 첫 저축을 시작했다.

대출 잔액의 앞자리 수가 줄어드는 건 생각보다 짜릿했다. 학자금 상환은 저축액 중 50%로 시작했지만 곧 60%로, 나중에는 80%로 비중을 늘렸다. 좋은 일인지

나쁜 일인지는 모르겠지만 학자금 상환에 온 정신이 팔려 있으니 다른 것이 눈에 들어오지 않았다. '플렉스'라는 단어는 나와 전혀 상관없는, 다른 세상에나 존재하는 단어였다.

가끔은 열심히 갚아도 채워지지 않는 통장 잔액에 기운이 빠지는 날도 있었다. 그래서 택한 방법은 정신승리였다. 대출 상환은 마이너스(-)에서 0으로 올라가는 일이지만, 나는 0에서 플러스(+)로 올라가는 적금이라 생각하기로 했다. 이 정신승리 덕분에 마음을 다잡을 수 있었다.

같은 일이라도 어떻게 받아들이느냐에 따라 다른 결과를 마주할 수 있다. 누군가에겐 출발선에 서기도 전에 발목에 채워진 족쇄일 수도 있지만 모든 건 자신이 선택한 결과다. 내게는 푸념을 늘어놓을 시간이 없었다. 조금이라도 빨리 탈출할 방법을 찾아야 했다.

꾸준히 관심을 기울이다보면 나도 모르게 목표에 가까워진다. 남들보다 시작이 조금 늦었다 해도 걱정할 것 없다. 깨달은 바로 그 순간! 곧바로 실천하기 바란다.

세상에 공짜는 없었어, 재무 설계

내 월급이 내 미래까지 책임져줄까? ✦ 💯

첫 월급을 받은 사람은 크게 세 유형으로 나뉜다. 첫 번째는 관리는 모르겠고 일단 쓰자는 유형, 두 번째는 관리하는 방법은 모르지만 일단 고이 모셔두는 유형, 세 번째는 어떻게 관리해야 할지 알고 있는 유형!

나는 두 번째 유형에 속했다. 관심은 있지만 어떻게 돈을 다루어야 할지 몰라 막막했다. 어쩌면 이런 사람이 세상에서 가장 손쉬운 먹잇감일지도 모른다. 그렇기 때문에 월급 통장을 만들 때 은행 창구 직원이 펀드 상품을 권하고, 사회초년생이라면 신용카드 하나쯤은 있어야 한다고 권하고, 공짜 재무 상담을 받아보라고 유혹하는 것이 아니겠는가.

나는 이 세상 어딘가에 속 시원하게 정답을 알려주는 멘토가 있을 거라는 환상을 가지고 있었다. 인터넷 검색창에 '돈 관리하는 법'을 검색해보니 '무료 재무 상담'이라고 적힌 첫 게시물이 눈길을 끌었다.

바로 이거다! '상담'이라는 단어를 보니 벌써 누군가가 내 손을 잡고 이끌어주는 듯한 기분이 들었다. 더군다나 무료라니 관심을 가지지 않을 이유가 없었다. 게시글

하단에는 보험 문구가 적혀 있었다. 보험이 왜 재무 상담에 껴 있는지 이해가 되진 않았지만 누구나 보험 하나쯤은 가입해야 한다는 말을 어렴풋이 들은 적이 있었으므로 크게 신경쓰지 않았다. 남들이 가입하는 데에는 다 이유가 있겠지. 그때 마침 엄마에게 전화가 걸려왔다.

"너도 보험 하나 가입할래?"

생애 첫 재무 설게 상담사는 엄마 친구의 아들이었다. 취업 사실을 어떻게 알았는지 재빠르게 연락을 주었고, 나는 미끼를 덥석 물어버렸다. 겸사겸사 실비보험을 하나 들어야겠다는 생각을 하며 상담사와 만나기로 한 카페에 들어섰다. 그는 퇴근 후 헐레벌떡 달려온 나와 다르게 깔끔한 슈트 차림으로 자리에 앉아 있었다. 반짝거리는 시계를 찬 손을 내밀며 당당한 목소리로 첫인사를 건네는 그의 모습에 묘한 질투심을 느꼈다.

상담사는 직업과 내 라이프 스타일을 물어보기 시작했다. 기대했던 순간이었다. 나는 물 만난 고기처럼 돈에 관한 고민을 털어놓은 뒤 기대감에 한껏 부풀어 그의 답을 기다렸다.

"1년에 1천만 원을 모으려면 한 달에 83만 원을 저축해야 해요. 이 상품에 가입한 뒤 ○○년 납입하면 만기에 더 얹어서 돌려받을 수 있어요."

친절하게 근속 연수에 따른 저축액을 짚어주던 그는 어느새 보험의 길로 나를 인도하고 있었다. 저축성 보험으로 둔갑한 종신보험이었다. 하지만 나는 정보를 자유자재로 검색하는 세대가 아닌가! 종신보험, 변액보험은 사회초년생이라면 피해야 할 보험 리스트에 꾸준히 오르는 단골손님이라는 사실을 잘 알고 있었다. 그래, 어디 말이나 들어보자 싶었지만 도통 알아들을 수 없었다. '이해했다'의 기준은 '다른 사람에게도 충분히 설명할 수 있는가?'였다. 나는 아니었다. 완벽히 이해할 수 없는 것에 몇십 년 동안 꼬박 돈을 넣을 순 없었다. 그래서 이렇게 말했다.

"저는 실비보험만 가입하려고요."

내가 원하는 보험은 상담사의 관심과 거리가 멀어 보였다. 뜨거웠던 커피는 어느새 미적지근해졌다. 기운이 빠진 건 그도 마찬가지였다. 그렇게 우리는 자리에서 일어났다.

결국 재무 상담을 받지도, 원하는 실비보험에 가입하지도 못했다. 차라리 집으로 바로 왔다면 하루의 노곤함이라도 씻어냈을 텐데 황금 같은 저녁 시간을 날려버린 꼴이었다. 공짜라더니 결국엔 다 영업이라는 생각에 화가 나 씩씩대며 집으로 돌아가는데 갑자기 상담사의 모습이 떠올랐다. 가만히 듣기만 하던 나도 머리가 어지러운데 목이 터져라 설명해주던 그 사람도 지금쯤 기운이 빠진 채로 집으로 돌아가겠구나.

별생각 없이 남에게 의지하려고 했던 행동이 내 시간뿐 아니라 다른 사람의 시간도 버리게 만들었다. 누군가의 체력, 시간을 공짜로 얻는 건 애초부터 불가능한 일이었다. 조금 전까지만 해도 허탈했던 마음이 괜스레 미안한 감정으로 바뀌었다. 내가 스스로 답을 찾지 못했다고 남에게 답을 요구한 꼴이었다.

인생 첫 월급을 손에 쥔 막막함을 누군가에게 기대 풀고 싶었다. 하지만 '내 돈'을 남에게 맡겨버리면 '우리의 돈'이 되어버린다. 그 누구도 내 돈을 오로지 나를 위해 맡아주지 않는다. 그러니 자신의 돈은 자신이 관리해야 한다.

모르는 게 있다면 직접 찾아 나서야 한다. 책, 유튜브, 세미나 등 마음만 먹으면 배울 수 있는 곳은 주변에 널려 있다. 나는 시원하게 정답을 찍어줄 일타강사를 찾는 데 목을 매기보다 속도는 조금 더딜지라도 스스로 계획을 세워보기로 결심했다. 그러자 마음이 한결 편안해졌다.

TIP. 사회초년생에게 맞지 않는 보험 ✦

종신보험은 사망 시 유족에게 경제적 도움을 주기 위한 보장성 보험이에요. 매달 납부하는 보험료에서 위험 보험료, 사업비가 추가로 빠져나가는 구조입니다. 고로 실저축액이 중요한 사회초년생의 저축 목적용에는 적합하지 않습니다.

심플 이즈
베스트!

긴 콘텐츠 하나 볼 시간이면
짧은 콘텐츠 3개를 볼 수 있다

쏟아지는 양이 많으니
오히려 짧고 간단한 콘텐츠에 손이 간다

지금은 심플이 주목받는 시대

생각들은 취향으로 드러나는 법이다

단순하게 생각하다보니
기준도 명확해졌다

그리고 취향은 생활 습관으로 나타난다

하지만 필요함을 강요받는 세상에서
단순하게 사는 건 결코 쉽지 않다

요즘 필수

이거 하나쯤은

이것도!

필요한 게 많아야 새 물건을 구입하니까

필요할 거라는 조언 아닌 조언에
등 떠밀리긴 싫다

안해

하지 않는다는 건 곧,
그만큼 여유가 생긴다는 말이다

10:00

15:00

21:00

이번에는
뭘 하지?

그렇게 얻은 시간과 돈은
집중하고 싶은 곳에 쓸 수 있다

복잡함 사이에서 단순하게 생각하는
심플리스트가 되기로 했다

1분 요약, 2배속 재생, 카드 뉴스, 숏츠……. 요즘 들어 인내심에 변화가 생긴 것 같다. 콘텐츠를 처음 마주한 그 짧은 순간, 본문 한 줄을 읽고 댓글을 읽는다. 그리곤 바로 판단한다. 이 콘텐츠는 볼 가치가 있다. 혹은 없다. 심지어 본문은 쿨하게 패스한 채 누군가가 댓글에 달아놓은 3줄 요약만 읽고 거침없이 '뒤로 가기'를 클릭하기도 한다. 이는 영화를 처음부터 끝까지 보지도 않고 요약 영상만 보고 영화를 보았다고 말하는 것과 다를 바 없다.

　이렇게 '요즘 아이들'은 길이가 긴 콘텐츠보다 숏폼 콘텐츠를 선호한다. 왜 그런 걸까? 쏟아지는 콘텐츠가 너무 많기 때문이다. 시간은 한정되어 있고 콘텐츠의 양은 너무나 많다. 그러니 콘텐츠를 볼 때도 가성비를 따지게 된 것이다. 콘텐츠가 짧을수록 한정된 시간에 볼 수 있는 개수가 늘어나기 때문에 숏폼을 선호하는 게 자연스럽기도 하다. 나도 마찬가지였다. 구구절절 설명을 들을 시간에 요약본을 보는 것이 에너지를 아끼는 방법이라고 생각했다. 오로지 단순 그리고 심플이었다.

생각들은 취향으로 드러나기 마련이다. 필요한 것만 놓인 책상, 단순한 도형, 실속파 기기……. 어느새 나는 단순한 것들로 주위를 꾸며나갔다. 컨트롤해야 하는 범위가 줄어드니 능률이 오르기 시작했다. 그리고 곧 생활 습관에도 물들어갔다.

조건이 덕지덕지 붙은 보험 상품, 휴대폰 기기 할부, 신용카드 등. 뒤에 줄줄이 달려 있는 게 많은 상품은 과감하게 패스했다. 처음에 세웠던 목적을 생각하고 작은 혜택(처럼 보이는 미끼)에 넘어가지 않았다. 시간을 뺏으려 하는 건 최대한 줄이려고 했다. '심플 이즈 베스트'라는 내 기준 희대의 명언은 선택의 순간이 올 때마다 중심을 잡아주었다.

하지만 이 세상은 심플하게 생각하는 걸 원하지 않는다. 복잡해져야 필요한 물건이 늘어나고 물건을 사는 사람도 많아지는 법이니까. 요즘 세상에는 이것도 필요하고 저것도 필요하다고 끊임없이 유혹한다. 요즘 사람이라면 당연히 구비해야 할 물건 리스트가 시간이 흐를수록 늘어나는 듯하다. 평소에는 생각하지 않았던 물건이

더라도 잘 정리된 리스트 앞에서는 마음이 기울기 마련
이다. 미리 기준을 잘 세워놓지 않으면 결국 두 손엔 구
매한 물건과 영수증이 들리게 될 것이다.

심플하게 산다는 건 다른 사람의 시선을 걷어내고 나
에게 집중하는 것에서부터 시작된다. 어떻게 생각하는
지는 스스로 정한다. 원했던 것이 아니라면 쿨하게 갈
길을 가도록 하자. 원했던 것만 찾기에도 하루하루가 바
쁘다.

거절한다는 건 예상 외로 용기가 필요한 일이다. 용기
를 내면 그만큼 여유가 더 주어진다. 이제 그 여유를 집
중하고 싶은 영역에 쓰면 된다. 돈을 떠나 하고 싶은 '일'
에 초점을 맞출 수 있다. 이는 욕구 피라미드 중 가장 상
단에 위치한 '자아실현'을 이룰 수 있다는 의미이기도
하다.

비움을 실천하는 사람들을 '미니멀리스트'라고 부른
다. 나는 물건을 줄이기보다 간단하게 생각하는 사람이
기에 과연 나를 미니멀리스트라 할 수 있을지 고민해보

았다. 미니멀리스트라 하기엔 욕심이 많은 듯했다. 그 대신 나는 스스로를 '심플리스트'라 부르기로 했다.

나는 단순하게 생각하고 심플하게 살기를 추구하는 심플리스트다. 언제까지 이 생각이 이어질지는 잘 모르겠지만 일단 오늘은 복잡한 이 세상에서 심플하게 살고 싶다.

TIP. 심플리스트가 되기 위한 체크 ✦

· 나는 _____한 사람이다.

· 나는 _____하는 모습이 되고 싶다.

원하는 모습을 짧은 문장 여러 줄로 정의해보세요. 해야 할 일들이 명확히 보일 거예요.

돈을 모을 때 거치는
4단계

"오늘 기분이 어떤가요?"

우연히 올려다본 하늘에 뭉게구름이 예쁘게 피어 있을 때, 긴 승부 끝에 응원하던 스포츠 팀이 우승했을 때, 만원 지하철에서 누군가가 머리를 툭 치고도 미안하다고 말하지 않을 때, 갑자기 몰린 업무에서 문제점들이 발견될 때, 자주 방문하는 단골집에서 작은 서비스를 건넬 때 우리의 감정은 시도 때도 없이 존재감을 툭툭 드러낸다. 숨겨왔던 본모습을 들켜 난감해지기도 하고, 꾸밈없는 모습을 내보여 사람들의 호감을 사기도 한다. 파도처럼 휘몰아치다가도 언제 그랬냐는 듯 순식간에 잠잠해질 때도 있다.

기분 센서는 돈을 모을 때도 작동한다. 목표를 향해 언제나 일정한 속도로 달려가고 싶지만 사람이기에 차이가 존재한다. 우리가 할 일은 항상 일정한 속도로 달릴 수 없다는 사실을 받아들이고 어떻게 하면 이 기분을 빨리 헤쳐 나갈 수 있을지 그 방법을 알아내는 것이다.

1단계: 셀프 자축

나는 무료해질 때면 나만의 특별한 힐링지로 떠난다. 바로 휴대폰 메모장이다. 그곳에는 여기저기 흩어져 있는 돈을 간단히 정리한 몇 줄의 메모가 있다. 정리한 돈을 다시 한 번 검토하고 전부 더해본다. 얼마나 모았을지 기대감이 넘친다. 설사 모이는 속도가 예상보다 느리다 해도 아무렴 어때! 전보다 조금씩 나아지고 있는 모습에 뿌듯함을 느낀다.

돈이 모이는 속도는 점점 더 빨라진다고 하던데 이 속도라면 3년 후, 5년 후에 얼마나 더 모을 수 있을지 시뮬레이션을 돌린다. 상상은 자유라고 했으니 소득을 점점 높이며 행복 회로를 풀가동시킨다. 이런 상상은 현실의 스트레스를 무력화시키는 힘을 가졌다. 숫자들이 뒤를 받쳐 주고 있다는 사실에 마음이 든든해진다.

2단계: 인간 내비게이션

원하는 목적지가 있다면 우선 현재 내 위치가 어디인

지 알아야 하는 법! 감정적인 기분은 잠시 접어두고 숫자와 함께 목표를 달성했는지를 따져보는 단계다.

큰 숲을 보며 밑도 끝도 없이 행복 회로를 돌리던 1단계와 다르게 나무 하나를 조목조목 따져보기 시작한다. 직접 세운 가이드에 맞춰 저축이 잘 진행되고 있는지, 순자산은 늘었는지 혹은 줄었는지 AI 못지않은 객관적인 모습으로 진행 상황을 체크한다. 저축률이 현저히 낮다면 문제점을 분석해보기도 한다. 속도가 느리다면 도착 시간을 늦추거나 반대로 더 속도를 내면 된다. 속도가 빠르다면 도착 시간을 당기거나 주변을 돌아볼 여유를 가질 수 있다.

3단계: 우주의 먼지

내비게이션을 켜고 속도를 내고 있는데 저 멀리서 혹은 주위에서 각종 이야기가 들려온다. 부동산 매매가가 신고점을 돌파했다는 이야기, 소식이 끊겼던 친구가 화려한 생활을 하고 있다는 이야기 등. 누군가는 몇 년 동안 모아야 하는 돈을 누군가는 단 몇 개월 만에 손에 넣기도 한다.

그런 이야기를 들으면 나만 아등바등 사는 건가 싶어 번아웃이 온 것마냥 기운이 쫙 빠져버린다. 아무리 팔을 휘저어도 앞으로 나아가지 않는 우주의 먼지가 된 것 같은 단계다. 이 단계를 극복하기 위해 동기부여 영상을 보기도 하고 기본을 다시 일깨워주는 책을 읽으며 초심을 찾는다. 혹은 생각을 잠시 멈추고 전혀 다른 취미를 즐기는 것도 좋은 방법이다.

4단계: 해탈의 경지

모든 비교를 받아들이고 인정한 후에 찾아오는 평온의 단계다.

"너는 너, 나는 나."

무적의 한마디로 모든 것을 무력화시키며 사실상 최고의 방어율을 자랑한다. 돈을 왜 모아야 하는지 자신과 대화를 시도한다. 평상시에는 깊이 생각하지 않던 초심을 다지는 일도 이 단계에선 가능하다. 이 기회를 적극적으로 활용하면 조금 더 단단해진 나를 발견할 수 있다. 단, 모든 게 부질없다는 생각에 저축과는 정반대의 길로 향하는 부작용이 있을 수도 있으니 주의하자.

적게 일하고
많이 버세요

지금부터 미리 홀로서기를 준비하려 한다

벌짓일지 아닐지는
나중에 알겠지

월급을 전부 쓰지 않고 일정량을 모아둔 다음
그 돈으로 다시 투자하는 것

다양한 경험을 해보는 것

저 문 밖에서 많은 일을 해낼
퇴근 후의 나를 위해

퇴근하겠습니다~

회사에서 모든 에너지를
소진시키지 않기로 약속했다

퇴근!!

내 월급이 내 미래까지 책임져줄까? ✦ 100

언젠가부터 "적게 일하고 많이 버세요"라는 말이 여기저기에서 들려온다. "수고하세요"나 "나중에 밥 한번 먹자"라는 말처럼 적당히 예의를 갖춘 멘트로는 최고의 선택인 것 같다. 거기다 직장인들의 오랜 소원인 '적게 일하고'까지 저격! 그런데 과연 그 말이 가능하긴 할까?

물론 세상 어딘가에는 적게 일하고 많이 버는 사람들이 존재할 것이다. 하지만 그들 역시 그런 결과를 얻기 위해 엄청난 노력을 했을 것이 분명하다. 사람들은 타인의 하이라이트만 보고 열광하지 그 과정은 알려고 하지 않는다. 적게 일하고 많이 번다는 건 드라마를 보고 연애를 배운 것처럼 일종의 영양가 없는 환상일지도 모른다.

회사는 우리에게 한 달에 한 번 보상을 준다. 일을 시키기에 넉넉하진 않지만 도망가지는 않을 정도의 보상 말이다. 회사는 누군가를 고용하는 것이 손해가 아니라는 판단이 들면 그 지점을 기가 막히게 찾아 사람을 고용한다. 그리고 매년 찾아오는 연봉 협상 시즌만 되면 회사는 이렇게 말한다.

"자기 연봉의 최소 3배는 벌어다줘야 해. 그래야 회사가 겨우 유지돼."

물론 잡다하게 드는 고정비에, 회사를 지금의 위치에 올려놓기까지의 히스토리가 있으니 그런 말을 하는 것이겠지만 회사는 당당하게 우리를 통해 더 큰돈을 벌고 있다.

월급날이 다가오는지를 알아채는 방법은 두 가지가 있다. 첫 번째는 언제 월급을 받았는지 구체적으로 기억이 나지 않을 때쯤이고, 두 번째는 갈수록 가벼워지는 통장 잔고에 '이제는 도저히 못 버티겠다' 하는 생각이 들 때쯤이다. 이때 달력을 확인하면 역시나 월급날이 다가오고 있다. 고작 월급 하나에 이렇게 휘둘려서는 안 되지만, 정기적인 돈의 매력은 끊을 수 없는 마약과 같다.

회사를 다닐수록 커지는 고민이 하나 있다. 이 일을 언제까지 할 수 있을까? 50이 넘도록 다양한 방식으로 활동하는 디자이너 선배가 많은 세상에서 사원 나부랭이의 쓸데없는 고민이었으면 좋겠다. 하지만 디자이너라는 직업은 끊임없이 새로운 트렌드를 받아들여야 하고, 계속해서 등장하는 경쟁자들 속에서 버텨내야 한다.

누군가가 이 정글에서 끝까지 살아남을 수 있겠느냐는 질문을 한 적이 있는데 쉽게 대답할 수 없었다. 회사가 망하거나, 내가 잘리거나. 결국 각자 제 갈 길을 갈 운명이다. 언젠가는 회사도, 우리도 각자도생해야 한다.

나는 겁이 많은 사람이라 이 가설을 무시할 수 없었다. 그래서 주방 수납장 한편에 비상식량을 모아두듯 회사를 다니면서 홀로 설 준비를 하기 시작했다. 언젠가 찾아올 독립을 준비하기에 가장 적합한 때는 바로 '지금'이니까.

홀로서기라는 말이 꽤 번지르르해 보이지만 사실은 별거 없다. 월급을 모두 써버리지 않고 일정량을 꼬박꼬박 모아두는 것, 모은 돈으로 투자 경험을 쌓는 것, 퇴근 후 시간을 낭비하지 않고 다양한 활동을 해보는 것 등. 회사를 다니면서 시드머니를 모을 때는 투자나 회사 밖 활동에도 관심을 가지는 것이 좋다. 회사생활에 어느 정도 적응이 되었다면 외부 활동에 관심을 열어두어야 회사에서의 모습이 더욱 유연해진다. 돈을 벌 수 있는 방법이 많다는 사실을 잘 알기에 굳이 하나에 목맬 필요가 없기 때문이다.

회사와 나는 동업 관계라고 생각한다. 잠시 회사에서 일하는 것일 뿐, 그 아래로 숙이고 들어가고 싶진 않다. 회사와 나는 같은 곳을 보지만 각자 다른 생각을 할 수밖에 없는 사이가 아닐까? 이것이 고용주와 고용인의 어쩔 수 없는 운명일 수도! 그래서 '적게 일하고 많이 버세요'라는 말을 이렇게 정의하기로 했다.

'(에너지를) 적게 쓰고 많이 버세요.'

나는 열심히 일하느라 회사에서 너무 많은 에너지를 소진하고 싶지 않다. 회사에서는 에너지를 적당량만 소진하고 회사 밖의 새로운 나를 위해 기꺼이 에너지를 내어줄 수 있는 사람이 되고 싶다.

TIP. 에너지 활동량 ✦

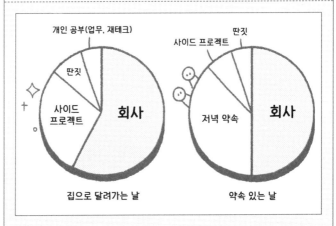

개인 공부(업무, 재테크)

딴짓

사이드 프로젝트

회사

집으로 달려가는 날

딴짓

사이드 프로젝트

저녁 약속

회사

약속 있는 날

회사에서의 나와 회사 밖에서의 나를 분리한 후, 새로운 나를 위해 각각의 에너지 할당량을 정해둬요.

모으는 만큼 보이는
세상의 크기

내 월급이 내 미래까지 책임져줄까? ✦ 💯

나이가 들수록 과거를 추억하는 시간이 길어진다. 나보다 어린 상대를 보며 "그때가 좋았지"라고 중얼거리는 인터넷 밈(Meme)이 돌아다닐 정도이니 나만 유별난 건 아닌 것 같아 왠지 다행이라는 생각이 든다.

'젊음은 젊은이에게 주기 아깝다'라는 말처럼 지나고 봐야 아는 것이 사람일까? 과거에 갇혀버리면 '꼰대'라는 말을 듣는 세상이지만 지금보다 자유롭던 추억 속으로 다녀올 수 있는 건 과거만이 가진 매력이다.

하지만 사람은 계속해서 변한다. 오랜만에 만난 친구와 생각보다 대화가 잘 통하지 않아 멋쩍었던 경험이 한 번쯤은 있을 것이다. 마지막으로 본 적이 언제인지 기억도 나지 않는 동창이 예전 모습 그대로일 것이라 기대하는 사람은 거의 없다.

우리는 성장 과정을 거치면서 수많은 사람, 다양한 의견과 마주한다. '이렇게도 생각할 수 있구나' 하고 서로를 이해하며 크고 작은 영향들을 주고받는다. 시간이 흐를수록 세상의 여러 모습을 경험해볼 수 있는 기회가 많아진다.

이 세상의 크기는 돈과도 비례한다. 모은 돈만큼 시야가 달라진다. 통장에 여유롭게 놀고 있는 돈이 있으면 우리는 이 돈을 어떻게 굴릴지 고민하기 시작한다. 전세금에 보탤지, 주식에 투자할지, 사고 싶었던 전자기기를 구매할지…….

1천만 원을 가지고 있는 A와 1억 원을 가지고 있는 B가 당장 할 수 있는 영역은 전혀 다르다. A가 가방이나 주식을 살 때 B는 A가 할 수 있는 영역뿐 아니라 외제차를 사거나 갭투자에 도전할 수도 있다.

가지고 있는 돈의 양이 늘어날수록 우리가 도전할 수 있는 폭은 점점 넓어진다. 너머의 것을 바라볼 수 있는 시야가 생긴다. 물론 돈을 모은다고 해서 영역이 저절로 넓어지는 것은 아니다. 스스로 관심을 갖고 열심히 공부해야만 긍정적인 결과를 얻을 수 있다. 다만, 모은 돈이 많을수록 이 돈을 어떻게 사용할지 시뮬레이션을 돌릴 확률이 더 높아지고, 시뮬레이션을 돌리는 횟수만큼 공부의 필요성을 느껴 스스로 방법을 찾아 나설 가능성이 크다.

모인 돈만큼 커져가는 자신감은 덤이다. 자신감은 지

치지 않고 차근차근 위로 올라갈 수 있도록 도와준다. 아무것도 없는 상태에서 바라본 1억 원과 8천만 원을 모은 상태에서 바라본 1억 원의 위치는 상당히 다르다. 어딘가에 존재한다는 신기루 같은 존재가 조금만 더 노력하면 닿을 수 있는 존재로 바뀐다.

정확히는 돈으로 인해 자신감이 생기는 것이 아니라 나를 관리할 수 있다는 믿음 속에서 자신감이 피어난다. 그다음 목표를 달성하지 못할 이유가 없지 않을까? 돈을 모으는 동안 쌓인 노하우도 훌륭한 자산이 된다.

위로 올라갈 수 있는 방법은 두 가지가 있다. 첫 번째는 사다리를 만들어 올라가는 방법이다. 사다리를 만드는 것은 소득을 늘리는 것을 의미한다. 올라가는 속도를 정해놓은 사람은 아무도 없다. 하지만 모두 가만히 앉아 있는 동안에도 누군가는 틈틈이 사다리를 늘여 더 빨리 위층에 오르려 한다는 것을 명심해야 한다.

두 번째 방법은 누군가의 힘을 빌려 위층의 시야를 간접 체험하는 것이다. 가장 손쉬운 방법은 책이다. 2~3만 원이면 바다 건너 전설적인 투자자를 내 앞으로 불러

낼 수 있다. 모든 내용을 꼼꼼하게 받아 적을 필요도 없다. 저자가 세상을 바라보는 관점을 나에게 적용해보기만 해도 충분히 가치 있다. 그렇게 한두 번 반복하다보면 어느새 우리의 시야는 껑충 뛰어올라 있을 것이다.

어떤 것이 보일지 지금의 눈으로는 알 수 없다. 그건 미래의 내 눈이 판단해줄 것이다.

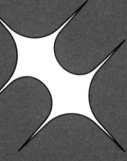

돈 모으기에도 벌크업이 필요해

통장은
쪼개야 제맛

돈 모으기에도 벌크업이 필요해 ✦ 💯

통장을 쪼개다보면
하나하나 관리하기 어려울 것 같지만

다음-!
생활비 30

미리 정해놓은 금액 안에서만
지출하기로 꼭꼭 약속했다

이번에는 미리
체크하는 걸로

생활비

용도별 흐름을 파악할 수 있어
오히려 관리가 더 쉬워졌다

특정한 날이면 매번 같은 알람이 울린다. 확인해보지 않아도 어떤 내역인지 알 수 있다. 이쯤이면 월급이 입금되었다는 소식일 게 분명하다. 어쩜 한 번도 질리지 않고 매번 새롭고 짜릿한지!

잠시 흥분을 가라앉히고 이번 달 입금액을 확인했다. 요 며칠 빈곤했던 잔액과 다르게 꽉 찬 통장이 마음까지 넉넉하게 만들어주는 듯했다. 이때 '한동안 고난의 시간을 보냈으니 나를 위한 보상 하나쯤은 괜찮지 않을까?'라는 생각이 들 수도 있다. 가진 돈을 모두 써버리는 것도 아닌데 뭘!

그런데 내겐 이런 상황을 예상하고 과거의 내가 자동이체를 걸어둔 적금이 있었다. 내 손에 들린 돈은 적금을 제외한 금액인 80만 원이었다. 당시 월급을 세분화해 관리하고 있던 것이 아니었기 때문에 통장에 남은 잔액이 많았지만, 그중 생활비로 30만 원만 쓰기로 다짐했다.

하지만 잔고가 30만 원에서 0원이 되는 것과 80만 원에서 50만 원이 되는 것은 전혀 다른 느낌을 주었다. 30만 원을 써도 50만 원이 남아 있으니 그 돈이 나를 어떻게든 수습해줄 것이라는 착각에 빠졌다. 5만 원만 더 쓰자는 합리화는 10만 원이 되고, 10만 원은 곧 15만 원으로 늘어났다. 더 깊은 착각에 빠지기 전에 서둘러 잔액을 눈앞에서 없애버려야 했다.

인터넷 검색창에 '돈 모으기'를 검색해보면 많은 사람이 입을 모아 통장 쪼개기를 추천한다. 온라인 선생님들의 조언대로 통장을 3개, 즉 월급 통장, 생활비 통장, 비상금 통장으로 쪼갰다. 월급 통장은 회사에서 만들었으니 자연스럽게 생겼고, 생활비 통장은 원래 가지고 있던 계좌를 활용했으니 사실상 새로 만든 계좌는 비상금 통장뿐이었다.

월급을 나누고 배치하는 일은 원테이크 촬영장처럼 일사천리로 진행되었다. 월급 통장에 돈이 들어오면 먼저 자동이체로 적금이 빠져나가고, 생활비 통장에 생활비를 이체한다. 나머지 돈은 그대로 비상금 통장으로 직행한다. 결국 내가 유심히 관리해야 할 것은 생활비 통장이었다. 생활하는 입장에서 진정한 월급은 생활비 통장에 들어온 돈이었다. '있었는데 없었습니다'라는 말처럼 백만 자리 수의 월급은 몇 분 만에 몇십 만 원으로 쪼

그라들었다.

　시간이 흐를수록 돈 쓰는 카테고리는 다양해졌다. 보험에 가입하거나 투자를 시작하기도 하고, 여행이라는 이벤트도 생겨났다. 통장은 적고 나눌 것은 많다보니 통장 3개로는 힘들다는 생각이 들었다. 그렇게 통장을 하나둘 추가하기 시작했다. 목적도 참 다양했다. 투자 통장, 덕질 통장, 여행 통장, 데이트 통장…….

　전에는 누군가의 추천으로 통장을 만들었지만 이후에 생긴 통장들은 내 필요에 따라 등장하고 사라지길 반복했다. 나의 라이프 스타일을 제일 잘 아는 건 나 자신이니 누군가를 따라 할 필요가 없었다. 통장마다 이름을 붙여준 이상 나에게는 단순한 통장이 아닌, 꼭 이루고 싶은 목표가 되었다. 목표가 있는 돈은 쉽게 흩어지지 않는 법이다.

　통장이 늘어날수록 관리하는 시간 역시 늘어나 귀찮아지지는 않을까 걱정이 되기도 했다. 하지만 통장 쪼개기의 가장 좋은 점은 어디에 얼마를 배분했는지 쉽게 보인다는 것이다. 한눈에 확인할 수 있으니 상황에 맞게 비중을 조절하는 일이 어렵지 않았다. 비상금을 200만 원 정도 확보하자 학자금 상환 비중 혹은 예적금 비중을 확 늘릴 수 있었다. 반대로 갑자기 비상금을 쓸 일이 생기면 만만한 생활비 비중을 줄여 비상금 곳간을 조금 더 채웠다.

그렇게 나만의 체계를 잡아나가자 하나의 통장 왕국이 건설되었다. 나만의 고용노동부, 문체부, 기획재정부, 교육부가 세워졌다. 이 왕국의 왕이자 시민은 오직 나 하나! 지금은 터를 정하고 벽돌을 쌓아올리는 중이다. 건물도 몇 채 되지 않고 외관이 눈부실 정도로 아름답지는 않지만 언젠가는 큰 왕국이 될 것이라 믿는다. 그때까지 정해놓은 금액 내에서만 소비하겠다는 나만의 약속을 꼭 지켜나갈 것이다.

가계부로 과거와
미래를 기록한다

저축률을 최대한 끌어올리고 싶은 마음에
좀 더 아낄 수 있는 게 뭘지 고민 중이었다

이미 최소로
실비만 드는 중

비상금이
곧 저축

보험비

비상금

데이트

공용자금이라
멋대로 손 못댐

마침 만만한 생활비가 눈에 들어왔다

생활비

금

데이트

생활비를 줄이려면 우선
생활비를 어디에 쓰고 있는지 알아야 한다

이번 달 밥값

이번 달 야식비

이번 달 충동비

미래의 나에게 주는 선물!

이번 달 쇼핑비

생활비를 파악하려면 가계부 만한 게 없지!
시중에 나와 있는 가계부 중 하나를 골랐다

수기 가계부

아날로그
감성을
느끼고 싶다면

엑셀 가계부

나만의
커스텀을
원한다면

앱 가계부

편한 게
최고라면

나는 간편한 게 좋아서
앱 가계부 선택!

돈 모으기에도 벌크업이 필요해 ✦ ⑩⓪

3개월 이상 기록하자 중복되는 항목이 보였다

마트
마트
마트
마트

마트 구경이
취미였어..?

목록을 찬찬히 살펴볼수록
과거의 내 행적이 떠올랐다

MART

선착순 할인!

내가
쓴 거 맞네

A마트
-18,000

C마트
-3,900

S마트
-6,200

미리 정한 예산 안에서 쓸 수 있도록
가계부가 틈틈히 지켜봐준다

아이스크림
-1,500

통장을 관리해주는 든든한 내 편이 생겼다

남은 잔액: 5만 원
월급까지 남은 날짜: 7일

=하루에 쓸 수 있는 생활비
7,140원

망했군

나는 집중이 필요한 일을 할 때면 음악을 듣곤 한다. 플레이리스트를 고르는 일은 집중을 위한 필수 준비 단계다. 가사가 있는 노래는 나도 모르게 귀를 기울이고 흥얼대느라 일에 집중할 수 없어 주로 가사가 없는 음악을 선택한다. 화이트 노이즈인 셈이다. 가사 유무와 상관없이 늘 집중을 잘할 수 있다면 참 좋겠지만 나는 멀티태스킹에는 영 소질이 없는 인간이다.

한 번에 여러 가지 일을 처리해야 할 일이 생기면 나와 같은 원 태스킹 타입은 버퍼링이 걸려버린다. 그 많은 일 중 마음에 드는 일 하나만 해낼 수도 없으니 말이다. 나의 버퍼링 예방책은 기록을 하는 것이다. 기억의 양은 한정되어 있어 새로운 기억 하나가 머리에 입력되면 기존 기억 한두 개는 도망가 버리곤 한다. 혹은 갑자기 찾아온 아이디어가 재빠르게 사라지기도 한다. 나는 눈 깜짝할 사이에 나타났다 없어지는 기억들을 잡기 위해 여기저기에 흔적을 남겨둔다.

소비 기록: 생활 가계부

소비를 기록하기로 마음먹은 건 순전히 저축률을 파악하기 위함이었다. 통장을 쪼개 한 달 저축액을 눈으로 직접 확인하니 저축률을 최대한 끌어올리고 싶은 마음이 들었다.

먼저 내 의지대로 늘리고 줄일 수 있는 항목이 있는지 살펴보았다. 제일 만만한 건 역시 생활비였다. 퇴근길에 꽈배기 2개를 꼭 사야 하는 건 아니니까. 그런데 한 가지 문제가 있었다. 생활비를 대략 어느 정도 쓴다는 건 아는데, 어디에 얼마를 쓰는지는 알지 못했다. 기록이 필요했다.

막상 가계부를 쓰려고 하니 종류가 매우 다양했다. 수기 가계부, 엑셀 가계부, 앱 가계부 등. 수기 가계부는 손으로 쓰는 특성상 아날로그 감성에 내 마음에 쏙 들게 꾸밀 수 있다는 꽤 트렌디한 장점이 존재했지만 하나하나 직접 계산해야 했다. 귀찮은 건 딱 질색인 나에게는 너무나 치명적인 단점이었다.

엑셀 가계부는 표를 커스터마이징해 나에게 맞는 최적의 가계부를 만들 수 있었다. 하지만 엑셀을 다룰 줄 알아야 한다는 단점이 존재했다. 초반 세팅의 고개를 넘는다면 무엇보다 훌륭하지만 가볍게 시작하고 싶은 나에게는 조금 부담스러웠다.

마지막 앱 가계부는 지출을 한 즉시 애플리케이션에 자동으로 입력되는 방식이기에 너무나 간편해 보였다. 다만, 자동 입력만 믿다가 기록에 소홀해질 가능성도 무시할 수 없었다.

간편하게 쓸 수 있는 가계부를 찾던 내게는 앱 가계부가 가장 적합할 듯했다. 카드를 연동하니 소비 내역이 자동으로 기록됐다. 내가 할 일은 사용 내역을 정확하게 수정하는 것뿐이었다. 생활 가계부를 쓰는 것은 더 이상 귀찮은 일이 아니었다.

3개월 이상의 가계부 데이터가 쌓이자 중복되는 항목들이 눈에 들어왔다. 어느 시간대에 지갑이 쉽게 열리고 어떤 물건을 충동적으로 구매하는지가 보였다. 퇴근길에 습관적으로 들른 마트가 문제라고 가계부가 말해주고 있었다. 예산을 초과하면 잔소리 알람이 울려 퍼졌다. 통장을 관리해주는 든든한 내 편이 생긴 것이다.

가계부가 나를 관리해주는 만큼 나도 가계부를 관리해야 한다. 가계부 작성은 일기 쓰기 방학 숙제처럼 한 번 밀리기 시작하면 끝도 없이 밀릴 수 있다. 하지만 그 어려움을 잘 극복한다면 애플리케이션을 켜지 않더라도 가계부에 떡하니 씩혀 있을 총지출액이 눈앞에 아른거리면서 지출에 신중해질 것이다. 숫자야말로 피도 눈물도 없이 과거의 나를 보여주기 때문이다.

저축 기록: 자산 가계부

용도에 따라 통장을 쪼개자 돈이 제각각 흩어졌다. '몸이 멀어지면 마음도 멀어진다'라는 말처럼 돈이 여기저기에 흩어져 있으니 관리하기가 영 쉽지 않았다. 증가 폭을 한눈에 확인할 수 있다면 참 좋을 텐데……. 시간이 흐를수록 돈에 더 구체적인 역할을 주게 되었고, 그 모든 것을 브리핑해줄 지휘 본부가 필요해졌다.

생활 가계부가 소비와 절약을 담당한다면 자산 가계

부는 저축과 자산을 담당한다. 자산 가계부는 재테크라는 큰 영역에서는 생활 가계부보다 많은 영향을 미치기도 한다. 우선, 가지고 있는 돈들의 용도와 위치를 종이 위에 쭉 펼쳐놓는다. 그리고 지난달과 비교해 얼마나 변동되었는지 수치와 퍼센트를 기록한다. 합계까지 작성한다면 이번 달의 작성 목표는 완벽하게 달성한 것이다.

나는 주로 엑셀과 휴대폰 메모장을 활용해 가계부를 작성한다. 자산 가계부는 예적금, 투자, 보험, 현금 등 구체적으로 적을 것이 많으므로 커스텀이 가능한 엑셀로 기록할 것을 추천한다. 엑셀을 다루는 것이 부담스럽다면 마음에 드는 엑셀 자산 가계부 나눔 양식을 다운로드 받아 자신에게 맞게 수정할 수도 있다. 이렇게 만든 자산 가계부는 어디에서나 볼 수 있도록 휴대폰 메모장에도 입력해두었다. 지루한 일상에서 활력을 얻기 위한 용도로 사용된다는 점은 비밀!

가계부와 목표는 떼려야 뗄 수 없는 관계다. '한 달에 100만 원 모으기, 1년에 2천만 원 모으기'라는 목표의 진행 상황을 확인할 수 있는 것이 바로 자산 가계부다. 방향을 잃지 않고 제대로 잘 나아가고 있는지, 속도는 적당한지 든든한 나침반 역할을 해준다. 지금 당장은 별 차이가 없어 보여도 1년 뒤 자산 가계부를 살펴보면 얼마나 성장했는지 확인할 수 있을 것이다.

매달 기록하는 재미에 빠지면 돈을 모으는 속도도 빨라진다. 과거에 비해 자산이 늘어난 것을 확인하면 얼마나 뿌듯한지 모른다. 만약 열심히 돈을 모았는데 금액이 예상에 미치지 못한다면 그동안의 노력이 헛수고처럼 느껴지면서 다 포기하고 싶어질 수도 있다. 그러니 이런 감정을 피하기 위해서는 돈들이 제자리에서 열심히 일하고 있는지 틈틈이 감시해야 한다.

단돈 10만 원이라도 자산이라는 이름을 갖기에 충분하다. 그 돈이 얼마로 불어날지는 아무도 모른다. 꼭 거창하게 적을 필요도 없다. 지금 당장 휴대폰 메모장을 열어 '비상금 000원, 적금 000원'이라고 적어보자. 바로 그 순간부터 돈을 기록하고 모으는 일이 시작된다.

우리의 준비물,
데이트 통장

다른 연인들과 마찬가지로
매번 다른 데이트를 즐기느라 정신이 없었다

커플이라면 꼭 해야 할 50가지 리스트

매달 달라지는 데이트 비용으로
생활비에 영향이 가기 시작했다

이번 달
데이트 비용

고무줄이야?!

다른 통장들처럼 데이트 비용도
예산이 정해져 있으면 좋겠다 싶었다

따-란

우리가 돈을 별생각 없이
쓰고 있는 거 같아

데이트 통장
만들어보는 건 어때?

그래서 만들게 된 데이트 통장!

데이트 통장은 한 달 데이트 예산을 정해두고

이번 달 총예산은 30만 원

각자 정해진 날에
정해진 금액을 입금하는 방식이다

(넙죽)

돈 모으기에도 벌크업이 필요해 ✦ 💯

손해보고 싶지 않다는 마음보다는
꼼꼼한 소비를 목표로 두었다

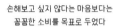

솔직히 니가
다 먹었잖아

이...이놈이

X

밥값 엄청 나왔네

소화 겸 절약 겸
여기저기 걸어다니자

데이트 통장에서 가장 중요한 건
신뢰와 룰 지키기

RULE ◇

1 사적으로 이용하지 않기

2 입금일은 무조건 지키기

3 항상 함께 의견 나누기

서로의 소비 기준에 대해 허심탄회하게
이야기 나눌 수 있다는 것도 큰 장점

난 달달한 디저트보다
맛있는 음식에 맥주 한 잔이 더 좋아

난 돌아다니는 거

단, 한 명이라도 의문을 가진다면
절대 강요해선 안 된다

안 해도 정상

해도 정상

상황에 맞춰 유연하게
의견을 나누는 게 베스트!

뜨거운 여름을 앞둔 6월, 나는 연애를 시작했다. 대부분의 연인이 그렇듯 우리는 서로만 바라보았다. 만나는 시간을 손꼽아 기다렸고, 함께하는 시간을 완벽하게 보내고 싶었다. 평소 틈틈이 스크랩해둔 '커플이라면 꼭 해야 할 50가지' 리스트가 빛을 발하는 순간이었다. 머릿속에 존재하는 '완벽한 데이트'를 현실로 이루어내기 위해 사력을 다했다. 함께하고 싶었던 일들을 하나씩 지워가는 재미가 제법 쏠쏠했다.

하지만 얼마 지나지 않아 카드값이 핑크빛 세상을 현실로 돌려놓았다. 서서히 통장 잔액과 서로의 주머니 사정이 눈에 들어왔다. '연애를 하면 돈 나갈 일이 많지'라고 합리화하기엔 매달 갱신하는 생활비 압박이 어마어마했다. 새로운 곳으로 훌쩍 떠나는 것도, SNS에서 발견한 예쁜 카페를 방문하는 것도 부담스러워졌다.

우리는 결국 만나는 횟수를 줄일 수밖에 없었다. 사랑은 한계가 없다지만 지갑에는 한계가 있었다. 더 이상 이 상황을 두고만 보고 있을 수는 없었기에 지금까지 사용한 금액을 확인해보기로 했다.

즉흥적으로 놀거리를 정하다보니 데이트 비용은 매달 들쭉날쭉했다. 생활비 통장에서 데이트 비용을 사용해 생활비가 급속도로 부족해진 달도 있었다. 비상금을 꺼내 쓰는 것도 한두 번이지 비상금이라는 의미가 점점 퇴색되고 있었다. 생활비를 관리하듯 데이트 비용도 관리할 필요가 있었다. 친구들과 놀 때처럼 회비를 걷으면 비용을 고정시킬 수 있지 않을까?

마침 모임 통장이라는 상품이 쏟아져 나오고 있었다. 나는 곧바로 남자친구에게 달려가 데이트 통장이 필요한 이유를 설명했고, 다행히 내 제안은 순조롭게 받아들여졌다. 그렇게 통장이 하나 더 추가되었다.

우리는 가장 먼저 데이트 통장에 얼마씩 입금할지 이야기를 나누었다. 그동안 데이트를 할 때 사용한 서로의 출금 내역을 확인해 3개월간의 데이트 비용 평균치를 계산한 뒤 그보다 10만 원 많은 금액을 입금하기로 했다. 이제 막 시작하는 단계이므로 너무 빡빡하게 계획을 세우기보다는 여유가 있는 편이 좋을 듯했다. 그리고 앞으로 이 금액을 점점 줄여가기로 약속했다.

데이트 통장은 생활비 통장과 달리 두 사람이 함께 관리해야 하므로 우리만의 규칙이 필요했다. 데이트 통장은 신뢰로 시작해 신뢰로 끝난다. 우리가 정한 규칙은 이러했다.

첫째, 사적인 사용은 절대 금지! 오로지 함께하는 일에만 사용할 것!

둘째, 입금일은 무조건 지킬 것!

셋째, 브리핑을 할 때는 꼼꼼하게 말하고 집중해서 들을 것!

우리는 서로의 월급날에 맞춰 입금일을 정하고 관리는 내가 맡기로 했다. 그리고 데이트가 끝난 다음 날 사용한 내역과 잔액을 공유했다. 월초에는 자유롭게 하고 싶은 데이트를 즐겼고, 예산이 슬슬 부족해지는 월말에는 동네나 공원에서 많은 시간을 보냈다.

비용이 줄어들면 데이트 재미도 떨어지지는 않을지 걱정했지만 돈의 크기와 데이트의 재미는 비례 관계가 아니었다. 얼마를 지출하든 함께하는 시간은 언제나 즐거웠다. 남은 데이트 비용으로 무엇을 할지 고민하는 것도 소소한 재미 중 하나였다. 생활비 통장에 잔액이 남았을 때와는 다른 느낌이었다. 함께한다는 사실에 발걸음도 더 가벼운 느낌이었다. 데이트 통장이 만들어준 뜻밖의 선물이었다.

그렇게 몇 년의 시간이 흘렀다. 데이트 통장은 없어서는 안 될 존재가 되었다. 들쭉날쭉했던 데이트 비용은 이제 안정적으로 자리 잡았다. 통장을 쪼개고 금액을 배분하는 걸 즐기는 나에게는 굉장한 이점이었다. 서로 돈을 내겠다며 눈치를 보는 찰나의 1초도 없어졌다.

"서로에게 무언가를 해주고 싶은 마음이 클 텐데 너무 계산적이다", "상대에게 돈을 아끼는 건 사랑하는 게 아니다"라고 말하는 사람들도 있다. 하지만 나에게 돈은 사람을 이해하는 지표 중 하나다. 우리는 의견을 나누고 공동의 데이트 통장을 운영하면서 서로에 대해 더욱 잘 알게 되었다. 그리고 서로를 더욱 깊이 이해하게 되었다. 그러니 오늘도 나는 누가 뭐래도 데이트 통장 전도사를 자처한다.

TIP. 데이트 통장으로 추천할 만한 통장 ✦

저는 카카오 모임 통장을 적극적으로 활용해요. 요즘 대부분의 은행에 모임 통장이 있으니 내 입맛에 맞는 곳을 찾아보세요. 돈을 입금하지 않은 사람에게 독촉 메시지를 날리기에도 딱! (듣고 있니?)

1일 1만 원
챌린지

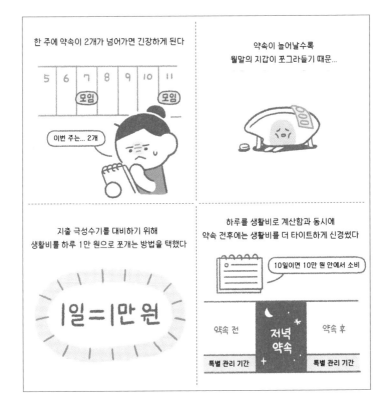

하루에 부여받은 생활비는
쓰고 싶은 곳에 자유롭게 사용하고 있다

목표를 잘게 세워두니
월초부터 씀씀이를 제대로 관리할 수 있었다

충동적으로 물건을 구매하는 일도 줄어들었다

오늘 하루가 모여 내일이 된다고 믿는다

나는 타고난 집순이다. 집에서 보내는 시간은 늘 만족스럽다. 그렇다고 사회생활을 하는 데 문제가 있는 건 아니다. 그저 적막함을 좋아할 뿐이다. 나는 나만의 시간을 보낼 수 있는 공간에서 주중에 소모한 에너지를 충전한다. 일주일 중 하루 정도 머리를 비우는 시간을 확보하는 것이 나만의 루틴이다.

하지만 아무리 집순이라도 집에만 있을 수는 없는 법! 여기저기 단톡방을 오가다보면 일주일에 한두 번은 약속이 잡힌다. 이 약속이라는 것이 참 재미있기도 하지만 체력적으로도, 지출적으로도 여러모로 사람 기운을 쏙 빼놓는다. 월초에 유난히 지출이 많았는데 월말에 갑자기 약속이 몰린다면? 눈물을 머금고 비상금 통장에 손을 대야 한다. 그렇게 써버리려고 만든 비상금이 아닌데! 비단 모임 약속이 아니더라도 병원비, 경조사비 등 예상치 못한 돈을 써야 할 일이 생각보다 자주 발생한다.

가계부는 한 번 미루기 시작하면 계속해서 미루게 된다. 가계부에 선뜻 손이 가지 않는다면 높은 확률로 과거의 나를 마주하기 두려운 상태일 것이다. 월초부터 월말까지 꾸준하게 잔액을 유지하려면 질서가 필요했다. 잔액을 꾸준하게 유지시킬 장치를 심어둔다면 폭주한 뒤 후회하는 일을 막을 수 있을 것 같았다. 마음을 다잡으면 되지 않을까 싶기도 했지만 나를 믿지 않기로 했다. 나는 돈이 있으면 쓰고 싶고, 재미있는 일에는 꼭 참가해야만 직성이 풀리는 사람이니까.

'목표를 달성하려면 목표를 쪼개야 한다'라는 말이 있다. 매달 정해져 있는 생활비를 초과하지 않으려면 목표를 잘게 쪼갠 뒤 깃발을 세워놓아야 한다. 그런 이유로 만든 것이 나만의 '1일 1만 원 챌린지'다.

여기 자유롭게 쓸 수 있는 생활비 30만 원이 있다. 이 돈을 한 달인 30일로 나누면 하루에 최대 1만 원을 쓰는 꼴이 된다. 단, 매일매일 1만 원을 사용하는 것이 아니라 마일리지처럼 남의 돈을 계속해서 쌓아나간다. 1일이라면 1만 원이라는 마일리지를 받고, 7일이라면 최대 7만 원 내에서 소비할 수 있다.

목표를 잘게 쪼개면 월말에 가까워질수록 쓸 수 있는 돈이 적어지는 기존 소비와 다르게 월초부터 스스로 타이트하게 관리할 수 있다. 날짜와 지출 액수가 동일하면 왠지 모를 뿌듯함도 느껴졌다. 반대로 날짜보다 지출 액수가 크다면 평소보다 신중하게 생각한 뒤 카드를 내밀었다.

배달 음식 생각이 하루 종일 머릿속에서 사라지지 않을 때가 있다. 쇼핑 애플리케이션에서 본 예쁜 옷이 눈앞에 아른거릴 때도 있다. 바로 이럴 때 그간 쌓아둔 마일리지가 빛을 발한다. 예산에 여유가 있으니 약간의 여유를 가지고 지출할 수 있기 때문이다. '이렇게까지 아껴야 하나' 하는 회의감으로부터 잠시 자유로워질 수 있다.

'이번 주 예산은 여유롭다'라는 말과 '이번 주는 5만 원 내에서 쓸 수 있으니 아직 여유롭다'라는 말은 돈을 어떻게 쪼개느냐에 따라 받아들이는 의미가 달라진다. 오늘의 성공 여부는 앞으로의 한 달이 어떻게 흘러갈지 예상하는 지표와 같다.

총지출액을 외면하며 숫자에 이끌려가는 건 그만! 나는 나를 통제하는 힘을 가지고 싶다. 모든 사람이 쉬고 싶을 때 쉬고, 일하고 싶을 때 일할 수 있는 자유를 가지길 원한다. 돈도 마찬가지다. 불필요한 소비를 줄여, 쓰고 싶을 때 쓸 수 있는 그 자유를 작게나마 느낄 수 있길 바란다.

나는 내 위장의
지배자

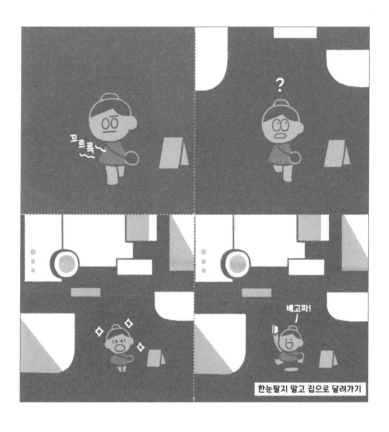

돈 모으기에도 벌크업이 필요해 ✦ 💯

하루는 가계부를 들춰 보고 깜짝 놀랐다. 가계부에는 내 예상을 훌쩍 넘는 금액이 적혀 있었다. 뭔가 잘못 입력이 되었을 거란 생각에 내역을 꼼꼼하게 살펴봤지만 놀랍게도 모두 내가 쓴 것들이었다. 가계부에 적힌 숫자가 이게 대체 어떻게 된 일이냐며 잔소리를 쏟아내는 듯했다.

지난달에는 충동적으로 한 지출이 많았다. 오늘따라 피곤해서, 오늘따라 귀찮아서, 오늘따라 신이 나서, 오늘따라 화가 나서……. 사실 이유는 얼마든지 가져다 붙일 수 있었다. 배송비 몇 푼을 아끼기 위해 여러 개의 쇼핑 사이트를 뒤적이던 과거의 내가, 단 몇백 원이라도 저렴하게 물건을 구입하기 위해 발품을 팔던 과거의 내가 이 모습을 보았다면 얼마나 허탈할까?

예상치 못한 지출 중 큰 지분을 차지했던 건 다름 아닌 식비였다. "밥 먹었니?"가 평범한 인사말인, 밥심으로 살아가는 한국인에게 굶는 일이란 있을 수 없었다. 당장 텅 빈 위장 앞에서 생활비 걱정은 무슨! 나는 식비라는 명목하에 충동적으로 줄줄 새버리는 구멍을 막기로 했다.

비법1: 눈 딱 감고 집으로 돌진하기

텅 빈 배를 부여잡고 집으로 향할 때가 있다. 그런데 꼭 그런 날이면 어디선가 향긋한 냄새가 풍겨온다. 평소라면 그냥 지나쳤을 평범한 식당 간판도 자꾸만 시선을 끌어당긴다.

'고작 밥값이잖아. 밥은 먹고 살아야지. 그러려고 돈 버는 거 아냐?'

이 마법 같은 주문이 모든 행동을 합리화시켜버린다. '고작 밥값'이라는 말은 엄청난 힘을 가지고 있다. 운동도 할 겸, 교통비도 아낄 겸 20분 거리를 걷고, 앱테크 포인트를 조금이라도 더 얻기 위해 고심해 전략을 짠 노력들을 아무 의미 없는 행동으로 바꿔버린다.

기수는 겁이 많아 경주 중에 다른 말들을 보고 깜짝 놀라는 경주마에게 차안대를 착용시킨다. 옆면 시야를 차단하고 앞만 보며 달릴 수 있게 하는 것이다. 차안대를 착용한 말은 목표만을 향해 돌진한다. 나는 경주마처럼 스스로 검열 필터를 만들었다. 화려한 음식 사진으로 향하는 눈을 차단하고 앞만 바라보았다. 빠르게 집으로 돌진해 밥 한 숟가락을 떴다. 집에서 배부르게 밥을 먹고 나면 조금 전까지 꼬리에 꼬리를 물고 떠오르던 음식 생각은 언제 그랬냐는 듯 사라졌다. 단지 배가 고파 모든 음식이 눈에 들어왔던 것이다. 잠깐의 유혹을 참으면 분명 줄일 수 있는 소비였다.

비법2: 배고플 땐 장 보러 가지 않기

마트야말로 엔터테인먼트 요소가 넘쳐나는 곳이다. 환한 미소로 환영해주는 입구 직원, 기획 상품, 화려한 판매 부스, 시식 코너까지! 몇 바퀴를 돌고 또 돌아도 새로운 것들이 눈에 들어온다.

오늘 꼭 사야 하는 것들을 다시 한 번 생각하려 한 그때! 갑자기 배에서 꼬르륵 소리가 들려온다. 그럴 때면 그날따라 유난히 넓어 보이는 카트를 가득 채우고 싶은 욕구가 솟구친다. 용건이 없으면 쿨하게 지나쳤을 야채 코너, 생선 코너에도 잠시 들른다. 요리 방법을 검색하면 충분히 근사한 요리를 만들어낼 수 있을 것만 같다. 사람들이 바글바글 몰려 있는 시식 코너에도 절로 눈길이 향한다. '오늘은 꼭 필요한 것만 살 거야'라는 비장한 마음으로 마트에 들어섰지만 집으로 돌아오는 길의 두 손은 언제나 무겁다.

집에 도착하자마자 식사를 하며 급한 불을 끈 뒤 장을 봐온 것들을 정리한다. 마트에서는 보기만 해도 그저 흐뭇했던 것들이 집에서 보니 '이건 왜 샀지?', '이걸 다 언제 먹지?'라는 생각에 머리가 아파온다. 끝도 없이 인쇄된 영수증을 보면 절로 한숨이 나온다.

배가 고프면 자신을 객관화해서 바라볼 필터가 사라지면서 충동구매를 할 가능성이 크다. 무언가를 구매하기 전에는 자신을 살펴보는 시간을 가져야 한다. 필요는 현재 자신의 상태에 따라 달라진다.

에너지도,
시간도 돈

"날씨 너무 좋다. 반차라도 쓸까?"

계약 관계로 사무실에 꼼짝없이 갇혀 있어야 하는 직장인에게 좋은 날씨는 그림의 떡이다. '당일 반차를 쓰고 한강이라도 갈까?' 하는 생각도 했지만 다 귀찮아 발코니에 잠시 나가 바깥 공기를 마시는 걸로 대신했다. 짧은 광합성을 마치고 다시 후다닥 들어와 언제나 그랬듯 업무에 몰입했다. 햇살을 마음껏 즐길 수 있는 시간은 주말뿐이라는 사실이 조금 쓸쓸했다.

여유로운 오후가 일상처럼 당연했던 건 대학 졸업 때까지였던 것 같다. 수업이 붕 떠버린 공강 시간이면 건물 발코니에서 멍을 때리곤 했다. 난간 앞 벤치에 앉아 분주하게 이동하는 학생들과 여유로운 하늘을 보고 있노라면 잠이 노곤노곤 쏟아졌다. 마음만 먹으면 하루 종일 여유를 부릴 수도 있었다. 일정이 다 끝나면 친구들과 삼삼오오 모여 시시콜콜한 이야기를 나누며 밤새 술자리를 가졌다. 함께 모여 즐거울 수만 있다면 부족한 돈은 넘치는 시간과 에너지로 때우면 되었다. 시간과 에너지, 그게 유일한 준비물이었다.

하지만 지금은 넘치는 시간이 당연한 것이 아니라는 사실을 잘 알고 있다. 나는 시간과 에너지를 월급으로 교환하는 직장인이다. 24시간 중 8시간을 월급과 맞바꾸었다. 사람들과 복닥복닥 어울리는 것을 좋아했던 나는 어느새 퇴근을 외치며 집에 있는 시간을 가장 좋아하는 집순이가 되었다.

밤새 술자리를 지키던 친구들도 각자의 하루를 살아내느라 바쁘다. 미리 일정을 맞추지 않으면 만나는 게 쉽지 않다. 예전에는 섭섭한 마음이 들었지만 이제는 크게 아쉽지 않다. 낮 동안 떠 있던 해가 지고 나면 물가가 비싸진다. 그게 바로 분위기값인가? 함께 즐겁자고 모이는 자리에 돈이 중요하겠느냐마는 저녁 약속을 조절하지 않으면 텅 빈 통장을 마주하게 될 것이다.

하루 일정을 마치고 나면 온전한 나만의 시간은 최대한 긁어모아도 5시간 내외다. 나는 이 한정된 시간을 어떻게 하면 알차게 쓸 수 있을지 매일 고민한다.

약속은 일주일에 한 번이면 충분했다. 나머지 시간은 운동, 나만의 프로젝트, 뒹굴뒹굴하며 충전하는 시간으로 알차게 채웠다. 시간과 에너지 잔여량은 정말 투명하기 그지없는데, 회사 업무가 몰아치는 날이면 딱 그만큼의 에너지가 사라지곤 했다. 나만의 시간을 위해 필요 이상의 에너지를 소진하지 않는 게 중요했다. 그래서 나는 회사에서도, 저녁 약속으로도 필요 이상의 에너지를 쓰지 않으려 노력한다. 예상 밖의 일이라고는 없는 밋밋한 일과이지만 시간을 효율적으로 배분하지 않으면 분명 에너지가 금방 동나버릴 것이다.

그래도 다행인 건 시간이 없다고 투덜거리기엔 아직 한참 젊다는 사실이다. 나이가 들수록 시간이 점점 빨리 간다고 한다. 어쩌면 지금이 인생에서 가장 긴 시간일지도 모른다. 학점, 대외 활동이 주 고민이었던 학생 시절과 다르게 지금은 경력, 재테크 등 관리해야 할 폭이 넓어졌다. 갈수록 책임져야 할 일도, 해야 할 일도 많아질 것만 같은 느낌이 든다. 그나마 책임질 게 적은 지금, 이 소중한 시간을 어떻게 채워나갈지 고민하고 또 고민할 필요가 있다.

TIP. 에너지를 조절하는 하루 일과 ✦

· 출근길: 아침이야말로 집중력이 가장 높은 황금시간대! 부족한 잠을 보충하거나 독서, 메모하기처럼 생산적인 일 위주로 시간을 보내요.

· 회사: 한 귀로 듣고 한 귀로 흘려보내는 것처럼 약간은 무관심한 자세를 유지. 그래야 퇴근 후에도 머리가 복잡하지 않으니까요.

· 퇴근길: 지하철 한구석에서 자는 쪽잠이 최고. 밤잠을 푹 잔 것처럼 말똥말똥 해지거든요. 혹은 고생한 날 위해 유튜브나 인터넷을 여기저기 돌면서 퇴근을 맘껏 즐겨요.

· 퇴근 후: 저녁 약속이든 내 할 일이든 뭐든지 최선을 다해서! 하지만 갑작스러운 당일 약속은 다음 날에 지장을 주니 미안하지만 패스할게요.

돈 친구들을
찾아내자

돈 모으기에도 벌크업이 필요해 ✦ 💯

다들 옹기종기 모여 이야기 나누는 모습에
나도 구석 자리를 하나 만들었고

어느새 친구들이 하나둘 늘어났다
하고픈 말을 못해 답답함을 느끼는 일은
더 이상 없었다

비슷한 생각을 가진 친구는
온라인이든, 오프라인이든, 주위에 언제나 있었다

딱 지금처럼 서로가
서로의 버팀목이 되어주었으면

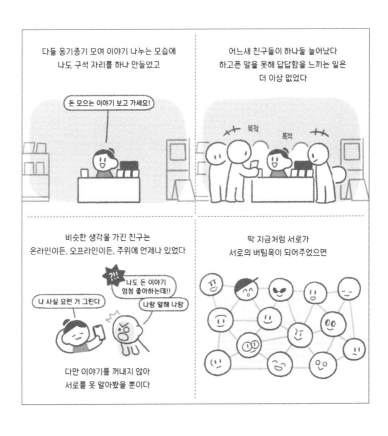

다만 이야기를 꺼내지 않아
서로를 못 알아봤을 뿐이다

타고난 덕후 기질이 있는 나는 관심사가 생기면 절대 감추지 못했다. 틈만 나면 온 정성을 다해 하트를 남발했다. 아무도 보지 않더라도 상관없었다. 관심이 있다는 걸 표현해야만 직성이 풀렸다.

머리가 크고 나서는 SNS에 나만의 비밀 계정을 만들어 그곳에 애정을 쏟았다. 하지만 타고난 덕질 인간을 고민에 빠트린 존재가 있었으니⋯ 바로 돈이었다.

돈을 벌면서 나의 애정과 관심사는 돈으로 급격히 쏠렸다. 사회초년생이었기에 말할 수 있는 돈 이야기의 범위는 한정적이었다. 월급, 적금, 생활비, 학자금 이야기가 전부였다. 주변 친구들 모두 시작하는 단계이기에 말을 꺼내도 됐으련만 쉽사리 말을 하기 어려웠다. '괜히 월급이 얼마인지 말했다가 비교만 되는 거 아닐까?', '친구끼리 돈 거래하는 건 아니라고 했는데, 돈 이야기도 하면 안 되는 걸까?' 하는 생각에 머리가 복잡했다.

하지만 시간이 지날수록 돈 이야기를 풀고 싶은 마음이 강해졌다. 다른 사람들은 돈을 어떻게 모으는지, 돈에 대해 어떤 생각을 가지고 있는지 궁금해졌다. 오프라인에서 돈 이야기를 꺼내지 못한다면 온라인에서 돈 친구를 찾으면 될 터였다. 세상은 넓고 다양한 사람이 존재하고 있으니까. 서로의 정체를 정확히 알지 못하니 오히려 더 솔직하게 털어놓을 수 있을 것만 같았다.

처음 찾은 곳은 유튜브였다. 먹방을 즐겨보는 사람의 피드는 먹방으로 가득하고, 음악을 즐겨 듣는 사람의 피드는 온갖 플레이리스트로 가득하다. 내 목표는 재테크 관련 콘텐츠로 내 피드를 가득 채우는 것이었다. 알고리즘의 선순환이라고나 할까? 유튜브에는 또래부터 인생 선배까지 예상보다 많은 사람이 모여 있었다. 그들이 나를 알지 못해도 괜찮았다. 내가 알고 있으니까. 꽤 자기중심적일 수 있는 마음가짐이지만 내 멋대로 화면 속 사람들을 친구로 삼았다.

친구는 또 다른 친구를 소개해주기도 했다. 평소처럼 영상을 시청하던 중 뉴스레터에 대해 알게 되었다. 아침마다 한 분야의 뉴스레터를 발송해주는데, 출근길에 짬짬이 읽고 있다. 메일함에 읽지 않은 메일이 늘어나곤 했지만 그래도 새로운 선택지를 곳곳에 심어놨다는 데

의미가 있는 것 아니겠는가. 뉴스레터는 재미있는 것만 편식하려는 내게 채소를 꼭꼭 먹게 해주는 존재와 같다.

유튜브와 뉴스레터를 거쳐 마지막으로 찾은 곳은 인스타그램과 같은 SNS였다. SNS에서의 자유로운 소통 분위기가 마음에 들었다. 누군가가 시작했을 돈 이야기는 끝도 없이 재잘재잘 이어졌다. 사진과 글에서 시작된 한 사람의 이야기에 누군가의 이야기가 댓글로 추가되었다. 그렇게 모인 한 사람 한 사람이 커뮤니티를 형성하고, 어느새 영향을 주고받으며 함께 앞으로 나아갈 수 있는 힘이 되어주었다.

SNS 이곳저곳에 댓글을 쓰던 나도 어느 순간 기록을 남기기 시작했다. 나도 누군가에게 조금이나마 영향을 미칠 수 있는 사람이 되길 바라면서….

사실 온라인이든 오프라인이든 중요하지 않다. 이야기를 꺼낼 곳이 있다는 것 자체만으로도 든든함을 느낄 수 있다.

한두 번의 클릭으로 유튜브 알고리즘을 바꿀 수 있듯 마음만 먹으면 주변 환경을 바꿀 수 있는 세상에 살고 있다. 시공간의 제한 없이 원하는 생각들, 가까이하고 싶은 사람들을 곁에 둘 수 있다는 건 엄청난 축복이다. 공감하고, 기대고, 생각을 나눌 수 있는 친구, 현실에선 떨어져 있지만 어딘가에서 하루하루 살아가고 있을 나의 친구들에게 오늘도 응원의 한마디를 보낸다.

TIP. 나의 돈 친구들 ✦

사회초년생 맞춤 재테크 유튜브
· 김짠부 재테크(www.youtube.com/c/김짠부재테크)
· 시골쥐의 도시생활(www.youtube.com/c/countrysidemouse)
· 돈립만세(www.youtube.com/c/돈립만세)

출근길에 10분만 투자해 읽을 수 있는 재테크 뉴스레터
· 어피티(uppity.co.kr)
· 부딩(www.booding.co)

틈틈이 재테크 마인드를 다잡게 되는 블로그
· 레이달리오의 부자 연구소(blog.naver.com/sonsarang38)
· 생각의 힘으로 거친 파도 넘기(blog.naver.com/travis88)

함께 소통하는 재테크 인스타툰
· 떠돌이비버(@nomad_beaver)
· 벤꾸리(@vengguri_toon)
· 희비(@hibi_heebee)

기회는
싸그리 모아서

매일 반복되는 나의 출근길은 1시간 남짓 걸린다. 그 시간 동안 부족한 잠을 보충하기도 하고, 아이디어를 메모하거나 친구들과 메신저로 대화를 나누기도 한다. 분명 1시간은 꽤 긴 시간이기에 뭐라도 해야겠다 싶어 가방 안에 책을 몇 권 가지고 다닌 적도 있다. 하지만 유혹을 참지 못하고 휴대폰을 들여다보는 일이 더 많았다. 자극적인 콘텐츠에 키득거리다 도착할 즈음에야 제정신을 차렸다. 사실 출퇴근 시간만 효율적으로 보내도 하루에 2시간가량 생기는 꼴이다. 혹시 모르지 않나. 출퇴근을 하며 보낸 잠깐의 시간이 새로운 시작이 될 수도!

'기회를 내가 직접 찾을 수도 있구나'라고 생각한 건 대학에 다닐 때였다. 학교 홈페이지 공지 사항을 살펴보던 중에 한쪽 구석에서 해외 탐방 프로그램 신청을 받는다는 공문을 발견했다. 학교 돈으로 비행기와 숙소를 해결할 수 있다니! 머리에서 종이 댕댕 울렸다. 이건 해야 한다! 하지 않으면 후회한다!

그날 바로 해외에서 영상을 찍어 콘텐츠를 만들어보고 싶다는 기획서를 제출했고, 마침 프로그램 홍보 영상이 필요했던 복지팀의 마음을 사로잡았다. 내 돈으로 가도 즐거웠겠지만 원래 남(학교)의 돈으로 가면 더 즐거운 법이다.

월급을 받자 더 다양한 기회가 보였다. 재테크 채널마다 '레버리지'라는 말을 했다. 자본 투자로 더 많은 이익과 효율을 만들어낸다는 뜻인데, 이 말은 생각보다 가까이에 있었다. 회사가 날 레버리지하고 있었기 때문이다. 회사는 노동자에게 월급을 지급한 뒤 노동자의 노동력으로 더 많은 수익을 낸다.

그런데 잠깐! 회사가 나를 기회로 쓰고 있다면 나도 회사를 기회로 만들어버리면 되는 것 아닐까? 회사에서 배울 수 있는 것은 모조리 배우리라 결심했다.

첫 대상은 전화였다. 문자 메시지와 메신저에 의지하던 내게 회사 내선번호 담당이라는 다소 충격적인 임무가 주어졌다. 첫 업무 전화는 '어색함'이라는 단어 하나로 정리할 수 있었다. 누가 봐도 대본을 읽는 티가 났다. 하지만 시간이 지나자 대화 패턴에 익숙해졌고, 어느새 목소리에 스윙을 곁들이며 나름 말하는 로봇 티를 냈다.

모든 업무가 그랬다. 메일 쓰기, 업무 카톡, 미팅 등 태어나서 처음 하는 일을 경험해보면서 사람 사이의 암묵적인 룰을 하나씩 배워갔다. 이 밖에도 어떻게 단체를 유지하는지, 언제 당근을 주는지, 어떻게 일을 배분하는지 등. 보고, 듣고, 경험하는 모든 것이 기회였다.

그중에서도 내가 가장 선호하는 방법은 회사 돈으로 교육 강의 신청하기! 관련 업무에 대한 강의만 신청할 수 있다는 약간의 단점이 존재했지만 입을 잘 놀리면 회사 돈으로 원하는 강의를 얼마든지 들을 수 있었다. 회사 돈을 쓰면서 열심히 한다는 이미지도 생기니 이게 바로 최고의 시너지 아닐까?

회사 밖에서는 나라에서 지원하는 시스템을 이용했다. 우선 청년내일채움공제! 청년이 매달 125,000원을 2년간 납입하면 1,200만 원+α로 돌려주는 정책이다. 당연히 지인 중에 가입한 사람이 있을 줄 알았다. 하지만 웬걸? 한 명도 없었다. 나는 관련 자료를 회사에 전달했고, 첫 진행자가 되었다. 이렇듯 아직도 홍보가 덜 되어 빛을 보지 못하고 있는 정책이 많으니 잘 살펴볼 필요가 있다.

요즘 나는 공간에 관심이 많다. 카페를 이용하기 위해서는 음료 1잔을 주문해야 하는데, 음료 1잔 주문 시 통상적으로 2시간 정도를 사용할 수 있다. 하지만 시간제한 없이, 그것도 무료로 이용할 수 있는 공간이 있다면 어떨까? 그런 곳은 존재하지 않을 거라고? 그렇지 않다. 인터넷에 '지역명+청년 공간'을 검색하면 지자체에서 운영하는 청년 공간이 주루룩 나온다. 심지어 그 지역에 거주하지 않더라도 이용 가능하니 꼭 한 번 주위를 살펴보기 바란다.

기회를 적극적으로 찾는 것도 좋지만 사실 그렇게 멀리 볼 필요도 없다. 가장 가까이에 있는 기회는 바로 지금이다. 이 시간 말이다. 멍을 때리든, 업무를 하든, 새로운 상상을 하든 지금 이 순간을 어떻게 보내느냐에 따라 결과가 시시각각 변한다. 같은 상황이라도 어떻게 바라보느냐에 따라, 그 순간을 기회라 생각하느냐에 따라 우리는 매우 다른 미래를 맞이하게 될 것이다.

치킨값으로
투자 시작

돈 모으기에도 벌크업이 필요해 ✦ 💯

나는 한마디로 성실한 거북이었다. 목표는 오직 시드 머니 모으기! 목표를 세운다는 건 꽤 괜찮은 방법이지만 그 돈을 모아 어떻게 사용할 것인지에 대한 계획 따윈 없었다. 일단 모으면 뭐라도 되어 있지 않을까 싶었다. 어떻게 사용할 건지 장황한 계획을 세우면 제풀에 지쳐 나가떨어질 것만 같아 일단 뜀박질부터 시작해보자는 전략이었다. 주식이니, 부동산이니 하는 것들은 아직 내 능력 밖의 일이라고 생각했다.

돈을 모으는 방법을 터득해가는 와중에 나에게 작은 균열이 일어났다. 회사 팀장님이 주식 투자를 시작했다는 말을 전해 들은 것이다. 역시나 뭔가 재미있는 걸 발견한 듯한 익숙한 얼굴이 내게 다가왔다. 팀장님은 돈을 불리는 방법에 대해 목이 터져라 이야기하며 투자가 생각보다 위험하지 않다고 나를 꼬드겼다. 하지만 난 이제 막 시드머니를 모으기 시작한 터라 팀장님의 말을 한 귀로 듣고 한 귀로 흘렸다.

예금자보호 5천만 원을 어떻게 나눌지 시뮬레이션을 돌리고 있는 와중에 주식 투자라니! 뚝심 있는 나와 나보다 더 뚝심 있는 팀장님 사이에서 언제 끝날지 모르는 줄다리기가 펼쳐졌다. 몽땅 잃지 않을 곳에 투자하면 되지만 한 푼 두 푼 소중하게 모은 내 돈을 잃게 되는 상황을 상상해보니 정말이지 끔찍했다. 손에 쥔 게 얼마 되지 않을수록 더 애착이 생기는 법이다. 하지만 팀장님은 포기하지 않았다.

"일단 10만 원만 넣어봐. 치킨 5마리 먹었다 치고."

"네? 치킨이요?"

이런! 갑자기 날아든 생활밀착형 어필에 한 발자국 넘어가버렸다. 주식 투자에 대해 배우는 수업료로 10만 원이면 괜찮겠다 싶었다. 금액을 내 마음대로 설정할 수 있다고 하니 일단 시작해보고 나중에 계획을 수정해도 되지 않을까? 그렇게 한참 돌다리를 두드려본 끝에 퇴근길 지하철에서 주식 계좌 하나가 탄생했다.

나의 첫 매수는 시장지수 상품 1주였다. 숫자들이 오르락내리락 쉴 새 없이 움직였다. 내가 지금껏 알지 못한 바쁜 세상이, 현실과는 또 다른 디지털 세상이 눈앞에 펼쳐졌다. 실시간으로 움직이는 차트들은 마치 심장 박동 같았다. 조그마한 창 안에서 돈이 숨을 쉬고 있었다. 한동안은 시간이 날 때마다 주식 관련 영상을 찾아보며 주식 투자에 대해 하나둘 공부해나갔다.

주식 세계에 발을 들인 지 몇 주 지나지 않아 코로나 19 관련 소식이 들려왔다. 빨간 상승 곡선만을 그리던 내 계좌가 드디어 멈췄다. 아니, 되레 빠른 속도로 고꾸라지기 시작했다. 그래도 다행히 시작한 지 얼마 되지 않아 금액에 큰 변동은 없었다. 다만, 수익률은 얄짤없이 있는 그대로를 보여주었다. 팔기 전까지는 손실이 아니라는 것쯤은 알고 있었지만 막대에 따라 요동치는 기분이 썩 좋지는 않았다. 나는 결국 현실로 도망쳤다. 처음 주식을 접하고 느낀 신기했던 감정은 모두 어디 가고 그저 외면하기 바빴다.

그런데 사람 일은 정말 알 수 없는 모양이다. 주식을 기억에서 지워가는 동안 장이 되살아난 것이다. 이게 뭔데 이렇게 다이내믹한 거지? '양적완화' 때문이었다는 사실을 나중에 알게 됐지만 이제 겨우 첫발을 뗀 왕초보 투자자는 적응하는 데만 한 세월이 걸릴 것 같았다. 우울해하던 모습이 무색하게 주식을 더 사두지 않은 걸 후

회했다.

드라마에서만 보던 "네가 뭔데 날 이렇게 만들어!"라는 대사를 이렇게 써먹을 줄이야. 주식은 대형 파도 풀 어딘가에서 튜브를 타고 동동 흘러가는 것 같았다. 과거 차트에서도 흐름은 언제나 존재했고, 그 사이사이 작은 웅덩이와 작은 상승이 반복됐다. 나만 파도에 휩쓸려가는 게 아니었다. 다른 사람들도 상황은 마찬가지였다. 이렇게 생각하니 마음이 한결 편안해졌다.

바다가 처음이라면 당장 멋진 서핑 기술을 배우기보다는 파도에 몸을 띄우는 연습부터 해야 한다. 세상이 어떻게 돌아가는지, 돈이 어디로 흘러가는지 관찰할 필요가 있다. 그래야 우리가 어디로 흘러가는 중인지 알게 될 테니까.

주식 투자는 물론 부동산 투자에도 미처 관심을 갖지 못한 게 아쉬웠지만 뭐 별수 있나. 첫술에 배부를 순 없는 법! 다음 파도가 올 때까지 잔잔한 파도에 발을 담근 채 흐름을 살펴보아도 나쁘지 않을 것 같다.

TIP. 양적완화 ✦

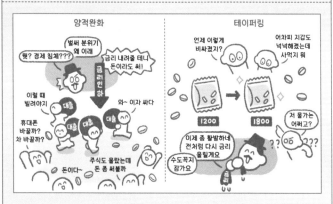

코로나19와 같은 이슈로 경기침체가 발생할 것 같다면 사람들은 소비를 줄이죠. 시중에 돈이 돌지 않자 정부는 경기활성화를 위해 일부러 금리를 낮춰요. 낮은 금리로 대출을 받은 사람들이 시장에서 돈을 사용하고, 소비가 늘면서 기업들이 적극적으로 생산을 하기 시작하는 선순환 구조가 완성돼요. 하지만 좋은 일만 있는 것은 아닙니다. 물가가 급격히 올라 인플레이션이 발생할 수도 있거든요. 시중에 너무 많은 돈이 풀리면 기존 화폐 가치가 하락하기 때문이에요. 어쩐지 요즘 점심 값이 무섭더라……

나만의 비밀,
사이드 프로젝트

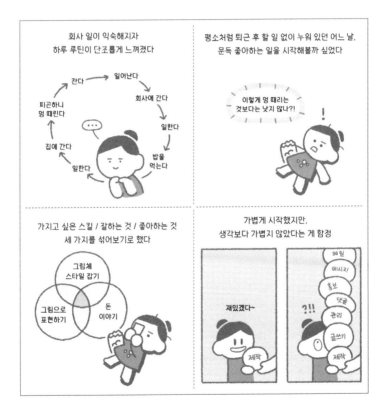

회사 일이 익숙해지자
하루 루틴이 단조롭게 느껴졌다

간다 → 일어난다
회사에 간다
피곤하니
멍 때린다
일한다
집에 간다
밥을
먹는다
일한다
...

평소처럼 퇴근 후 할 일 없이 누워 있던 어느 날,
문득 좋아하는 일을 시작해볼까 싶었다

이렇게 멍 때리는
것보다는 낫지 않나?!

가지고 싶은 스킬 / 잘하는 것 / 좋아하는 것
세 가지를 섞어보기로 했다

그림체
스타일 잡기
그림으로
표현하기
돈
이야기

가볍게 시작했지만,
생각보다 가볍지 않았다는 게 함정

재있겠다~
제작

?!!
04월
메시지
홍보
댓글
관리
글쓰기
제작

하지만 나만의 일을 만드는 건,
중도 포기할 수 없는 매력이 있다

별다른 수익이 없어도 상관없다
'직장인의 나'야말로 최고의 후원자니까

내가 관심 있는
주제 선택

스케줄은
나에게
맞춰서

의견
적극 반영

눈치 보지 않고
내 맘대로

컨펌
받아야 하는
사람 없음

여긴 내가 알아서
해결할 테니까

경조사

생활비

OK!

넌 저리 가서
뭐라도 좀 해봐

오후 6시 땡! 직장인에게 '퇴근 후'는 노다지 같은 시간이다. 오후 6시부터 잠자리에 들기까지 고작 몇 시간밖에 되지 않지만 하루 중 가장 활발해지는 시간이기도 하다. 게임, 영화, 자기계발, 약속, 취미생활 등 사람들은 저마다의 방식대로 그 시간을 채워간다.

하지만 나는 하루 일과를 마치면 집으로 돌아와 바닥에 누워 휴대폰만 만지작거렸다. 회사 일로 방전된 머리는 더 이상 아무 생각을 하지 않으려 했다. 바닥과 한 몸이 되어 보내는 시간은 말로 표현할 수 없을 정도로 평온했다.

그러던 어느 날, 이렇게 보내는 시간이 아깝다는 생각이 들었다. 생산적인 일을 하기에도 충분한 시간 아닌가! 이 시간을 마냥 흘려보낼 수 없었다.

하지만 아르바이트를 하기엔 몸이 너무 피곤할 것 같고, 본업과 관련된 일을 하기엔 퇴근 후에도 같은 일을 하고 싶지 않았다. 내가 좋아하는 일이 뭘까 곰곰이 생각하다 '그림'이라는 키워드를 떠올렸다. 현실에서는 말재주가 없지만 그림으로는 편안하게 이야기할 수 있을 듯했다. 그림 연습도 할 겸 나만의 계정을 하나 만들어 보기로 했다.

그다음에는 무엇을 그릴지 선택해야 했다. 퇴근 후 바닥에 누워 휴대폰으로 주로 무엇을 봤는지 떠올려보았다. 요즘 들어선 저축 동기부여 영상을 달고 살았다. 유튜브 알고리즘 피드가 내 관심사를 보여주었기에 답을 내리기까지 그리 오랜 시간이 걸리지 않았다. 그렇게 나는 내가 좋아하는 돈 이야기를 그리기로 결심했다.

퇴근 후에 진행하는 나만의 프로젝트이니 너무 많은 시간을 들이지 않도록 인스타그램에 간단한 만화를 올리기로 했다. 처음에는 콘텐츠만 올리면 될 것이라 생각했는데… 아, 이거 꽤 손이 많이 갔다. 콘텐츠 작성은 물론 홍보까지 전부 도맡아 해야 했다. 홍보라는 것을 한 번도 해본 적 없었기에 도무지 감이 오지 않았다.

나는 고민 끝에 온라인 세계에 전단지를 한 장 한 장 배포하기로 했다. 출근을 위해 지하철에 몸을 실을 때면 내 그림에 관심이 있을 법한 사람들의 계정에 방문해 '좋아요'를 눌렀다. 해가 떠 있을 때의 나와 퇴근 후의 나는 할 일이 명확하게 구분되어 있었다. 출근길에 '좋아요'를 누를 때는 홍보팀이었고, 퇴근 후 계정에 올릴 그림을 그릴 때는 기획팀이었다.

나만의 계정을 운영한다는 건 회사 업무와는 전혀 달랐다. 지금껏 느껴보지 못한 재미가 내 삶에 활력을 불어넣어주었다. 하나하나 내가 원하는 대로 만들어가는 재미가 제법 쏠쏠했다. 시간이 갈수록 작은 구멍가게에 방문해주는 독자들이 하나둘 늘어났다. 세상은 이걸 '사이드 프로젝트'라 부르고 있었다.

안정적인 본업이 있다면 사이드 프로젝트를 시작하기에 가장 좋을 때다. 원하는 일을 하려면 응당 돈이 있어야 하는 법! 그런 의미에서 나는 나 자신에게 가장 좋은 후원자가 되어줄 수 있다. 낮 시간의 내가 벌어다준 돈으로 저녁 시간의 나는 부담 없이 이것저것 시도해볼 수 있다. 결과가 좋지 않으면 뭐 어떤가. 다시 본업으로 돌아가면 그만이다. 오히려 사이드 프로젝트 도중 작게나마 얻은 수입이 본업의 나를 서포트해주는 경우도 있다. 이 얼마나 긍정적인 상황인가.

부업과 사이드 프로젝트. 어떻게 보면 비슷해 보이는 이 둘을 구분하는 나만의 기준이 있다. 바로 동기를 어디에 두고 있느냐! 부업은 시간 대비 얼마나 더 벌 수 있는지가 목적으로, 수입 창출이 핵심이다. 시간을 투자하는 만큼 보상이 나오는 배달 아르바이트, 주식 배당금 같은 수입이 이에 해당한다.

반면, 사이드 프로젝트는 당장의 수입보다 자신의 흥미에 맞는 분야를 찾아 하나씩 만들어나가는 데 무게를 둔다. 관심 분야의 블로그 키우기, 자신이 좋아하는 주제에 대한 전자책 쓰기 등 나만의 분야를 표현할 수 있는 모든 활동이 이에 해당한다. 그래서 사이드 프로젝트는 처음부터 수입을 기대하긴 어렵다. 어쩌면 생각한 것보다 더 긴 시간 공을 들여야 할지도 모른다.

돈만 생각한다면 사이드 프로젝트보다는 부업이 더 알맞을 수도 있다. 나 역시 첫 1년은 돈도 되지 않는 일에 이렇게 공을 들이는 게 맞는지 여러 차례 고민했다. 하지만 하고 싶은 일을 마음껏 기획하고 실행해본 경험은 분명 더 크게 되돌아왔다. 내가 어떤 일에 잘 맞는지 혹은 잘 맞지 않는지 파악한 것만으로도 분명 성공한 프로젝트였다.

본업만 하기엔 이 세상은 너무 넓고, 우리의 능력은 다양하다. 내가 할 수 있는 일에 흥미를 살짝 더해보자. 자신의 흥미가 뭔지 잘 모르겠다면 내 SNS의 알고리즘을 참고하면 된다. 생각보다 많은 곳에 힌트가 깔려 있다. 최고의 저평가 우량주인 자신을 믿고 도전해보기 바란다.

비록 처음에는 제대로 가고 있는 건지 의심스러울 때도 있겠지만 꾸준히 전진하다보면 어느 순간 목적지에 다다르게 될 것이다. 그렇기에 나는 오늘도 집에 돌아오자마자 책상에 앉았다. 시작은 가볍게, 엉덩이는 무겁게!

훈장 같은
1억 원

매달 정해진 금액을 통장에 넣고
물욕을 조절한 지 어언 4년

띠링

모든 계좌를 더해보니 1억 원이 모였다

1억

막상 목적지에 도착해보니 생각한 것보다
엄청나게 짜릿하거나 기쁘지 않았다

되는구나 이게

돈을 모으는 동안 세상을 보는
눈도 자랐기 때문일까? 이제 막 1천만 원을
손에 쥐었던 나와 지금의 나는 다르다

그거 말고
투자도 있는데

생각보다
더 많은데

돈 모으려면 소비 조절과
예적금이 최고지

돈 모으기에도 벌크업이 필요해 ✦ ⑲⑧

1억 원을 모으라는 말의 속뜻은
1억 원을 위해 인내하는 시간을 가져보라는 말 같다

커보이기만 했던 목표를 정말로 달성하니
그다음 단계도 성공할 거라는 확신이 든다

대부분의 직장인은 매일 아침 집을 나서며 어떻게 해야 출근길 5분을 단축시킬 수 있을지 고민한다. 그런 사람들에게 '조' 단위 돈은 그저 뉴스에서만 접하는 단어일 뿐이다. 실생활에서 체감하는 가장 큰 단위는 아마도 '억'이 아닐까? 그런데 돈을 좀 굴린다는 곳에서 유의미한 최소한의 시드머니 기준 역시 '억'이다. 많은 사람에게 가장 큰 단위인 '억'이 어느 곳에선 작은 단위라니! 말하기는 쉽지만 막상 모으려고 하면 그저 막막하기만 하다.

0×1은 0이지만 0+1은 1이다. 0원부터 시작한다면 초반에는 굴리는 것보다 더하는 게 효율적이다. 눈덩이에 눈을 붙여가는 것이다. 차곡차곡 키워가다보면 어느 순간 굴려야 할 시점이 찾아오는데, 그게 바로 1억 원이 모였을 즈음이다. 정리해보면, 1억 원은 '돈 모으기'라는 튜토리얼(Tutorial)이 끝나고 본격적인 재테크 서버에 들어갈 수 있는 입장 티켓인 셈이다.

나는 이 입장 티켓을 얻기 위해 튜토리얼에 들어서자마자 전략을 짰다. 한 달 저축액과 생활비 계획을 세웠다. 버전 1.0의 계획은 5~6년이었다. 시작과 동시에 학자금 퀘스트로 잠시 발이 묶이기도 했지만 크게 신경 쓰지 않기로 했다.

다행히 시간이 흐를수록 월급이 조금씩 올라 저축할 수 있는 금액이 늘었다. 가끔은 상여금이 들어오기도 했다. 이런 추가 소득은 1억 원을 모으는 기간을 단축해주는 매우 고마운 아이템이었다. 상여금이 들어오면 나도 모르게 막 써버릴 것 같아 바로 통장에서 내보냈다. 고민조차 하지 못하게 엄청나게 빠른 타이밍으로 낚아챘다.

결과는? 성공이었다. 지금까지 모은 돈을 한데 정리해보니 어느새 1억 원이 되어 있었다. 스물여덟 살 마지막 날에 일어난 일이었다. 5~6년이었던 첫 계획은 버전이 업그레이드되면서 4년으로 단축되었다. 한 푼 두 푼 살뜰히 모은 돈이 1억 원이 되면 기뻐 날뛸 줄 알았는데 그러지 않았다. 이게 가능한 일인가 싶어 그저 신기하기만 했다. 1억 원이 모이면 제3의 눈이라도 달린 현자가 될 줄 알았던 몇 년 전 내게 이렇게 말해주고 싶었다.

"미안하지만 넌 1천만 원을 모았을 때도, 1억 원을 모았을 때도 오늘 뭘 먹을지와 같은 별반 다르지 않은 고민을 하고 있단다."

　1억 원을 모으기 전과 모은 후의 생활이 크게 달라진 게 없어 외적으로는 변화가 없었다. 하지만 그렇다고 달라진 게 아예 없는 건 아니었다. 그동안 보고 배운 소프트웨어들이 남아 있었다.

　돈을 모으는 동안에는 심심할 때도, 서러울 때도 있었다. 그럴 때면 재테크 영상을 검색하거나 서점의 재테크 코너를 찾았다. 특히 나는 재테크 마인드셋에 관한 영상을 즐겨본다. 처음에는 순간 멘탈 치유용으로 한두 개를 보기 시작했는데, 어느 순간부터 출퇴근을 하면서, 점심시간에 짬짬이, 설거지를 하면서 배경음을 깔 듯 소비했다. 그때 들은 이야기들은 한 방울 한 방울 나에게 스며들었고 단단한 흙을 만들 수 있도록 도와주었다.

　그렇게 필요 없는 소비를 계속해서 조절해나갔다. 동시에 30만 원을 시작으로 주식 계좌에 매달 돈을 넣으며 사람들의 움직임을 관찰했다. 모인 금액이 늘어나자 부동산에도 조금씩 관심이 생겼다.

돈이 부족한 상태에서 재테크에 관심을 갖기 시작한 건 오히려 내게 좋은 일이었다. 1억 원을 모으는 동안 차분하게 공부를 할 수 있었다. 정말이지 황금 같은 시간이었다. 처음에는 1억 원을 목표로 시작했지만 자본에 대해 알아갈수록 1억 원은 목표가 아니라 과정 중 하나가 되었다. 가장 중요한 건 액수가 아니었다. 그 돈을 모으기 위해 열심히 내달린 시간이야말로 엄청나게 중요한 알맹이였다. 그러자 다음 목표도 금방 성공할 수 있을 것이라는 자신감이 생겼다.

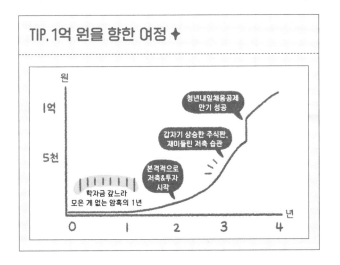

TIP. 1억 원을 향한 여정 ✦

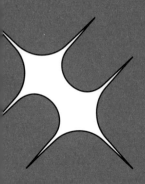

돈 쓰기도
전략적으로

돈과
거리두기

돈 쓰기도 전략적으로 ✦ 🪙

고작 1cm라는 차이에 집착한 건
이번만이 아니었다

강의가 몇십만 원?
왜 이렇게 비싸

만 원이 아쉬운데

운동비 아껴서라도
최대한 모으는 게 낫지 않나?

가끔은 너무 뜨겁지도 않고
너무 밍밍하지도 않은 거리가 좋다

멀리 안 가고
여기서 지켜볼게

오래오래 볼 수 있는 편안한 사이가 되었으면

회사 일이 손에 익자 집과 회사만 반복하는 하루하루가 너무나 무료해졌다. 나는 돈을 벌면 꼭 하고 싶었던 일이 몇 가지 있었다. 우선 돈을 제대로 모아보고 싶었고, 근사한 뷔페도 가보고 싶었다. 평소 즐겨 보던 발레를 직접 배워보고도 싶었고, 혼자 어디론가 훌쩍 떠나는 여행도 꿈꿨다. 대부분의 소망이 돈 모으기 목표와 완전히 반대된다는 게 아이러니이긴 하지만! 행복 회로를 마구 돌려 만든 투 두 리스트(To Do List)에는 현실을 뒤로 제쳐둔 소망들이 정리되지 않은 채 담겨 있었다.

이 중에 가능한 건 무엇일까? '운동'과 '취미'를 한 번에 잡을 수 있는 발레가 눈에 들어왔다. 집 아니면 회사뿐인 뻔한 일상에 활동적인 일이 추가된다면 좋을 것 같았다. 나는 집 근처에 있는 학원을 알아보았고, 그렇게 퇴근 후 루틴이 생겼다. 고작 1시간 남짓이지만 모든 일정을 발레에 맞출 정도로 누구보다 진심이었다. 월급의 10%나 되는 비싼 강습료도 나의 열정을 막지 못했다.

그러던 어느 날, 그날따라 왠지 스트레칭이 잘되었다. 쭉쭉 늘어나는 햄스트링에 신이 나 무리를 한 그 순간!

돈 쓰기도 전략적으로 ♦ 💯

'뚝' 소리와 함께 오른쪽 뒷다리에 저릿함이 느껴지더니 열기가 돌기 시작했다. 결국 나는 어기적거리며 수업을 마쳤고, 그렇게 근육 부상을 맞았다.

갑자기 강제 휴식 기간이 찾아왔다. 평소보다 아주 조금 더 욕심을 냈을 뿐인데 몸이 받아들이지 못했다. 갈 곳 없어진 강습료는 당분간 저축 통장에 넣어두기로 했다. 이미 벌어진 일을 뭐 어쩌겠는가. 당분간 저축률도 높아지고 좋지 뭐. 다른 곳에 쓰지 않고, 한눈팔지 않고 바로 저축 통장에 돈을 넣어둔 나 자신이 너무나 대견하게 느껴졌다.

꿀 같은 휴식 기간이 지나고 스스로 다짐한 복귀 시점이 다가왔다. 강습료도 든든하게 준비해놓았는데 나도 모르게 머뭇거렸다. 돈을 모으는 일도 발레 못지않게 재미있던 게 문제였다. 기본 저축액에 강습료까지 포함하자 생각보다 더 많은 금액을 저축할 수 있었다.

실력이 느는 건지 마는 건지 가늠이 안 되는 발레보다 결과가 확실하게 보이는 저축이 더 낫지 않을까? 이 돈만 아껴도 1년에 몇백 만 원을 더 모을 수 있을 텐데?

#3 ✦ 🐼

1억 원이라는 버킷리스트를 하루빨리 달성하려면 이 정도 절제는 기본 아닐까?

괜히 여기저기 관심을 두다 모두 놓쳐버리는 건 아닐지 걱정됐다. 나는 날로 곧아지는 자세와 운동으로 생기는 활기를 잘 알면서도 '모으는 돈'과 '나를 위한 돈' 사이에서 저울질하고 있었다. 우선순위를 정하는 일은 언제나 어려웠다. 저축률 하나에 집착하는 모습이 마치 돈에 중독된 사람 같았다. 어느새 내가 좋아하는 일은 다 제쳐두고 '돈을 모으는 것'만 남은 느낌이었다.

발레 한 달 강습료 몇십만 원은 사실 크게 부담스러운 금액은 아니었다. 저녁 약속을 줄이고 조금 더 신경 써 저축률을 올린다면 어느 정도는 메울 수 있었다. 추가로 더 벌기까지 곁들인다면 충분히 달성 가능한 금액이었다.

돈은 분명 소중한 존재이지만 때론 나를 위한 투자도 필요하다. 장거리를 달리기 위해선 최상의 효율을 내는 방법을 찾아야 한다. 그래서 내가 선택한 방법은 에너지의 90%만 전력 질주하기! 나머지 10%는 숨통을 틔우기 위해 아껴두기로 했다. 이 10%는 내가 좋아하는 일을 이것저것 시도해볼 수 있는 힘이 되어주었다. 운동, 독서, 강의 등 생산적인 일이면 좋겠지만 꼭 생산적일 필요는 없다는 규칙도 만들었다.

넘치는 열정에 불타올라 맺은 관계는 오래 유지하기 어렵다. 우리가 할 일은 잔불이 남도록 조용히 그리고 천천히 부채질을 해주는 것이다. 그것이 무엇이든 너무 뜨겁지도 너무 차갑지도 않게, 너무 멀지도 너무 가깝지도 않게 적당한 거리를 유지하며 편안하게 오래 마주 보는 사이가 되길 바란다.

내 공간을
완성하는 것들

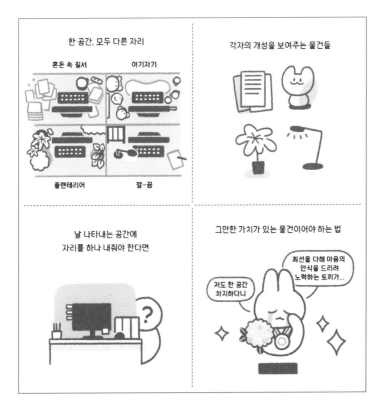

돈 쓰기도 전략적으로 ✦ 💯

갖고 싶은 물건이 생기면
내가 세운 기준을 통과하는지 따져봤다

진짜 내 선택일까?

대체 가능한 물건은 없나?

오늘 내 기분은 평온한가?

그렇게 들어오는 물건들은
더 소중히 다뤄야 할 이유가 된다

#3 ✦ 👧

책상 하나, 의자 하나. 시작은 모두 같을 것이다. 하지만 내 자리라 선언하는 순간 공간도 개성을 갖는다. 사무실 한편에 있는 내 책상의 콘셉트는 군더더기 없는 '기본'이다. 무언가가 많이 올려져 있지 않은, 그렇다고 휑하지도 않은. 굳이 차별점을 찾자면 '전자기기는 역시 블랙이지!'를 외치는 대쪽 같은 취향이랄까? 특징이 살짝 모자란 심플한 책상이었지만 그것마저 개성으로 생각하기로 했다.

그런데 어느 순간, 심플하기 그지없던 책상이 단조롭게 느껴졌다. '어떻게 하면 변화를 줄 수 있을까' 고민하던 중에 피규어 하나가 눈에 들어왔다. 디자인도, 크기도 모든 것이 적당했다.

사고 싶은 물건은 '필요한 것'과 '끌리는 것' 두 가지로 나뉜다. 필요한 것은 보통 이유가 있기에 깊이 고민할 필요가 없다. 오히려 고민이 깊어질수록 시간과 의지만 잡아먹히게 된다. 하지만 문제는 후자! 그냥 끌리는 것이다. 사지 않는다고 해서 지금 당장 해야 할 일을 하지 못하는 것도 아니고, 삶에 직접적인 영향을 미치는 것도 아니다. 필요하다고 느끼는 물건도 사실 이유를 파내다 보면 끌리는 것에 속할 때가 많다.

피규어는 당연히 '끌리는 것'이었다. 끌리는 것일수록 이유를 확실히 정의 내려야 한다. 필요한 것은 개수가 한정되어 있지만 끌리는 것은 100개, 아니 수십만 가지일 수 있다. 진짜를 찾는 나만의 기준을 세워보았다.

1. 기분이 평온할 때 구매하기

기분이 오르락내리락 한 치 앞도 모르게 요동치는 날이 있는가 하면, 어느 한쪽으로도 휩쓸리지 않는 고요한 날이 있다. 기분이 좋아 충동적으로 한 턱 낸 술값, 스트레스를 풀기 위해 충동적으로 한 쇼핑은 다음 날 후회로 돌아올 가능성이 크다. 기분에 따라 움직이면 판단력이 흐려진다. 기분을 소비로 풀려는 건 아닌지 끊임없이 자기 자신을 살펴야 한다.

2. 대체 가능한 물건 떠올리기

'하늘 아래 같은 색조는 없다'라는 말을 가슴에 깊이 새기고 립스틱 수집에 열을 올린 적이 있다. 화사하게 밝은 코랄, 묵직한 존재감이 강한 코랄, 벽돌색이 섞인 코랄……. 립스틱에 온갖 미사여구를 붙여댄 사람은 나뿐만이 아닐 것이다. 그렇게 구매한 립스틱을 한데 모아놓고 보면 채도와 밝기가 아주 조금 다를 뿐, 멀리서 보면 다 같은 색이었다. 집에서 잠자고 있는 물건들을 깨워야 한다. 충분히 대체할 수 있는 것들이 눈에 많이 들어올 것이다.

3. 오롯이 내 선택인지 살펴보기

사람은 틈만 나면 무언가를 구매하고 거울을 보고 매무새를 정돈한다. 다른 사람들이 자신을 시대에, 상황에 뒤처지지 않는 사람으로 봐주었으면 해서가 아닐까? 우리는 사회적인 동물이기에 누군가의 시선에서 완전히 자유로울 수 없다. 다만, 그 결정에 내 지분이 몇 퍼센트

나 차지하고 있는지 반드시 점검해보아야 한다. 그렇지 않으면 매사 다른 사람의 눈치를 보게 된다. 구매를 하게 만드는 건 타인인데 그 결과를 감당하는 건 바로 나다. 아이러니하지 않은가?

'끌리는 것' 중 이 세 가지 기준을 모두 통과하는 물건은 많지 않았다. 쏟아지는 많은 물량 중에서 노다지 하나를 발굴해야 한다. 심사숙고해서 고른 물건은 만족도가 높다. '내 주위'라는 공간은 매우 한정되어 있기 때문에 그 공간에 들어올 수 있는 기회를 아무에게나 주어서는 안 된다. 선택한다는 건 단순히 사용하는 행위에만 그치지 않는다. 물건은 곧 현재의 나를 나타낸다. 그러니 스스로에게 끊임없이 물어보자. 꼭 그 물건이어야만 하는지.

TIP. 삭막한 사무실의 유일한 내 공간 ✦

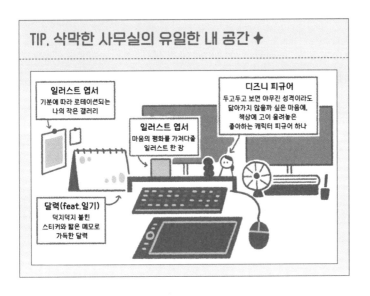

일러스트 엽서
기분에 따라 로테이션되는
나의 작은 갤러리

일러스트 엽서
마음의 평화를 가져다줄
일러스트 한 장

디즈니 피규어
두고두고 보면 야무진 성격이라도
닮아가지 않을까 싶은 마음에,
책상에 고이 올려놓은
좋아하는 캐릭터 피규어 하나

달력(feat.일기)
덕지덕지 붙힌
스티커와 짧은 메모로
가득한 달력

돈 쓰기도 전략적으로 ✦ 💿

나 말고도 고객님은
많으니까

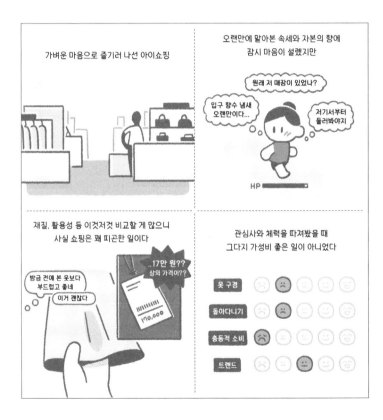

목적 없이 떠도는 일은 이제 그만해야겠다

돈 쓰고
시간 쓰고
체력 쓰고

집에나 가자

돈 쓰기도 전략적으로 ✦ 💯

하루 일정을 끝내고 집으로 향하는 중이었다. 평소라면 목적지를 집으로 고정한 채 쌩 달려갔겠지만 그날은 유난히 주위에 눈길이 갔다. 마침 버스 정류장 앞에 큰 쇼핑몰이 있었다. 딱히 살 게 있던 건 아니었지만 기분 전환을 위해 자연스럽게 그곳으로 발걸음을 옮겼다. 그래, 오늘은 아이쇼핑이나 하자!

묵직한 정문 손잡이, 먼지 하나 없는 듯한 매끄러운 바닥, 은은한 향이 풍기는 매장……. 오랜만에 맡아보는 소비의 향에 잔뜩 취해 이 매장 저 매장을 기웃거렸다. 옷을 구경하다 본 비싼 가격표에 속으로는 화들짝 놀랐지만 겉으로는 전혀 티를 내지 않았고, 점원의 응대에 "안 사요"라는 말 대신 "한 바퀴 더 둘러보고 올게요"라는 말을 건넸다.

그렇게 몇 개의 매장을 들어갔다 나왔을 뿐인데 에너지가 줄어드는 게 느껴졌다. 차라리 살 물건이 있었다면 나았을까? 아무 목적 없이 즐긴 아이쇼핑에 기가 빠질 대로 빠져버렸다. 쇼핑을 너무 많이 해서 고민이라는 사람들은 이 일을 반복해도 전혀 지치지 않는 걸까? 쇼핑을 즐길 수 있는 그 체력이 부러울 따름이다.

온라인 쇼핑을 할 때도 마찬가지다. 오프라인처럼 돌아다닐 필요는 없지만 직접 만져볼 수 없으니 더 꼼꼼하게 확인해야 한다. 가장 마음에 드는 걸 골라야 한다는 완벽주의가 활개를 친다. 그렇지 않으면 반품을 해야 하는데, 생각만 해도 번거롭기 그지없으니까.

그래! 결론을 내렸다. 아무래도 나는 쇼핑을 하기엔 너무 게으른 인간이다. 산뜻하게 시작한 아이쇼핑은 터덜터덜 묵직한 발걸음과 함께 뜻밖의 자아성찰로 막을 내렸다. 에너지 보충을 위해 산 애꿎은 아이스 아메리카노 한 잔과 함께 그렇게 집으로 돌아갔다.

나는 물질 소비 중에서도 쇼핑으로 느끼는 만족이 그리 크지 않은 사람이다. 쇼핑보다는 다른 관심사에 돈을 쓰는 게 더 만족스럽다. 특히 가방, 신발, 전자기기와는 영 거리가 먼데, 그래서인지 주위에서 건네는 말에도 무심한 편이다. 조언을 가장한 잔소리가 들려올 때면 오히려 이런 무심한 성격이 다행이라는 생각이 들기도 한다. 무게감 없는 가벼운 잔소리는 넘겨버리면 그만이니까!

각자 관심사가 다를 뿐이니 각자의 기준으로 흘려버리면 된다.

쇼핑몰이나 백화점은 사람들의 소비를 부추긴다. 이 물건을 자신의 것으로 만들면 당신도 저렇게 멋지고 행복해질 수 있다고 속삭인다. 사람들이 소비를 해야 돈이 돌고 활력이 도니 사회가 소비를 권장하는 건 어쩌면 당연하다. 하지만 충동적으로 산 물건은 만족감이 오래 가지 않는다. 꿀꿀한 기분이 들 때 쇼핑몰에 들러 카드를 긁는 건 물건이 아닌 그 순간의 행복과 만족을 사려는 것일지도 모른다. 내가 사고 싶던 게 과연 어떤 것이었는지는 나중에 돌아봐야 알 수 있다.

카드를 긁는 행위가 아니라 다른 방법으로 만족을 얻을 수 있다면 물질 소비에 큰 의미를 두지 않을지도 모른다. 사실 그 단계까지 나아갈 수 있는 방법은 아직 잘 모르겠다. 하지만 소비 없이 행복과 만족을 얻으려면 꽤 많은 노력이 필요할 것이다.

이 사회를 끊임없이 돌아가는 거대한 톱니바퀴에 비교하면 우리의 통장은 저울 위 미생물의 무게만큼이나 가볍지 않을까? 내 돈으로 흔들릴 사회라면 이미 가루가 되어 사라져버렸을지도 모른다. 돈을 써야만 한다는 의무감은 잠시 접어두자. 무언가를 구매하기 위해 카드를 긁어대는 사람은 나 말고도 엄청나게 많으니까.

일시불로
해주세요

결국 비상금을 꺼내 현금 박치기를 하고서야
할부의 굴레에서 벗어날 수 있었다

시작은 작았지만 하나둘 쌓이다보니
눈덩이 굴리듯 커지는 액수에 진절머리가 났다

할부로만
살 수 있다면

그건 내가 살 수
있는 게 아니다

할부는 최소한...   ...아니, 안해...

할부로 결제하겠다는 건
이후의 관리도 책임지겠다는 뜻!

오늘도 깔끔하게 '일시불'을 외친다

잘 돌아가는구만

일시불로 해주세요

아버지는 며칠째 앓는 소리를 내셨다. 이에서 느껴지는 통증 때문이었다. 그 정도라면 이미 상황이 많이 진행되었을 가능성이 크다. 그 말은 즉, 눈이 번쩍 뜨이게 할 청구서가 날아올 예정이라는 것!

"그러게 평소 치과에 자주 가서 치아 관리 좀 하라니까요!"

속상한 마음에 아버지께 퉁명스럽게 잔소리를 해댔다. 역시나 예상은 적중했다. 아버지는 임플란트를 해야 할 상황이었다. 몇백만 원은 쉽게 깨질 것이 분명했다.

상담 선생님은 자연스럽게 무이자 할부를 권했다. 앗! 마침 내가 유일하게 가지고 있는 신용카드가 바로 그 카드사의 것이었다. 나는 할부를 사용해본 적이 없었다. '할부 믿다간 개털 된다'라는 말을 믿었기에 할부를 사용할 생각을 단 한 번도 하지 않았다. 그런데 문득 '경험해보고 판단해볼까?' 하는 호기심이 생겼다. 마침 연말도 다가오고 있었기에 소득공제 핑계를 대며 패기 넘치게 카드를 번쩍 들어올렸다.

내 통장 시스템은 매달 1일을 기준으로 리셋된다. 반

면 신용카드 결제일은 매달 중순이었다. 통장 리셋일과 신용카드 결제일이 다르다보니 허둥지둥 돈 흐름을 정리해보았다. 그런데 문제는 한꺼번에 터진다고 하지 않는가! 설상가상으로 급한 할부 건이 하나 더 늘었다. 결국 할부 개월도, 생활비와 결제일도 모든 게 달라졌다.

이제 막 신용카드의 세계로 들어온 꿈나무는 머리가 터져버릴 지경이었다. 제대로 꼬인 흐름을 정리하기 위해서는 조금의 시간이 필요했다. 아까운 에너지만 낭비한 꼴이었다. 결국 모아놓은 비상금으로 현금 박치기를 하고 나서야 할부의 굴레에서 빠져나올 수 있었다.

패기 넘치게 카드를 내밀던 그때의 나는 몰랐다. 할부는 조금씩 빠져들어가는 늪과 같다는 사실을! 기한이 다른 할부를 여러 개 관리한다는 건 대형견 여러 마리를 산책시키듯 이리 뛰고 저리 뛰는 일이었다. 통장 프로세스는 에너지를 덜 들이도록 최대한 간결하게 짜는 것이 나만의 규칙이다. 그래야 생활에 자연스럽게 녹아들 수 있다. 하지만 중간에 할부가 끼어들면서 모든 게 엉망이 되어버렸다.

처음 '무이자'라는 말을 접했을 땐 '안 쓰면 손해, 쓰면 무조건 이득'이라고 생각했다. 일시불과 지불해야 하는 금액이 결과적으로 같고, 돈을 빌렸음에도 이자가 없으니까! 하지만 이자 혜택을 시작으로 할부에 익숙해져서는 안 된다. 할부금을 관리해야 하는 시간이 곧 이자다. 결국 지불해야 하는 이자를 미래의 나에게 떠넘긴 셈이라 할 수 있다.

휴대폰을 할부로 구입할 때도 마찬가지다. 휴대폰 가게 앞에 크게 적혀 있는 '공짜폰'은 사실 존재하지 않는다. 휴대폰을 공짜로 받기 위해선 약정이 필수인데, 이 약정 안에는 할부원금, 통신비, 약간의 이자가 더해진다. 무이자, 공짜폰이라는 단어로 포장했지만 결국 할부는 할부일 뿐이다. 자신이 관리할 수 있는 능력 안에서 할부가 더 이상 늘어나지 않도록 할부 판독기를 가동시킬 필요가 있다.

당장 필요한 돈을 미래의 내가 대신 내줄 것이라는 출처 모를 자신감이 습관이 되어서는 절대 안 된다. 첫 시작이 어렵지 한 건이 두 건이 되고, 두 건이 세 건으로 이

어진다. 그런 일상이 반복되다보면 자신이 구매할 수 있는 금액보다 더 큰 금액에 눈을 뜨게 될지도 모른다.

비싼 자동차도 마음만 먹으면 구입할 수 있는 세상이다. 총금액은 부담스러워도, 몇 개월로 쪼갠 금액은 가볍게 느껴질 가능성이 크다. 할부는 자신을 객관적으로 볼수 없게 만든다. 사회초년생일수록 돈이 없으니 할부를 잘 이용하는 것이 좋다고? 오히려 이때는 소비 습관이 생기는 시기이기에 돌다리를 더 두드려봐야 한다.

나는 할부 뒤처리를 하면서 다시는 할부를 사용하지 않기로 결심했다. 대신 당당히 "일시불이요!"라고 외칠 수 있는 사람이 되기로 했다. 언제나 카드를 일시불로 긁을 수 있는 힘을 기르도록 하자. 자신이 저지른 일은 현재의 자신이 책임져야지 미래의 자신에게 떠넘겨서는 안된다. 나는 미래의 나를 위해 지금부터 차근차근 준비해 놓기로 했다.

손때 묻은
물건

나는 한 아이템을 오래 사용하는 편이다

집에 들일 때도 신중히
집에서 내보낼 때도 신중히

쇼핑에 들이는 에너지가 아깝기도 하고,
내 눈에는 충분히 더 쓸 수 있는 물건으로 보인다

이 정도면   쌩쌩하구먼

물건을 오래 사용하다보면
서로에게 딱 맞는 모습이 되어 가는데

이 그립감   감촉

맞춰지는 과정을 지켜보는 게 참 좋다

제명을 다했다는
생각이 들 때쯤 그만 놓아준다

?!   뻑!

좋은...
삶이었다......

손때 묻은 물건을 수거함에 넣을 때면

어쩐지 기분이 복잡미묘해진다

돈 쓰기도 전략적으로 ✦ 💯

우리 집 안방 한편에는 오래된 장롱 하나가 자리 잡고 있었다. 어릴 적에 그 장롱을 아지트 삼아 놀던 기억이 있는 걸 보면 꽤 오래전부터 함께한 듯하다. 다른 물건들이 하나둘 바뀔 동안에도 제자리를 지켰으니 우리 집에서는 터줏대감과 같은 존재였다.

하지만 홀로 뿜어내던 빈티지함도 세월 앞에선 장사가 없었다. 이제는 자리를 내줄 필요가 있었다. 정말 오래된 물건이었기에 미련은 없었다. 다만, 장롱 안에서 놀던 꼬마가 이렇게 커버릴 정도로 세월이 많이 흘렀다는 사실이 아쉬울 뿐이었다.

장롱은 폐기물 스티커를 붙인 채 집 밖으로 내보내졌다. 당당하게 한자리를 차지하고 있던 장롱이 찬바람을 맞으며 밖에 나와 있는 모습을 보니 그제야 안쓰러운 마음이 들기 시작했다. 오랜 시간 함께한 만큼 손때가 잔뜩 묻어 있었다. 물건이 오래되면 혼이 깃든다고 하던데 그 말이 정말 사실일까? 장롱은 안방에서 분리수거장으로 자리만 옮겨졌을 뿐 변함없이 특유의 우직함을 뽐냈다. 그 앞을 지나칠 때마다 자연스럽게 눈길이 가 인사를 건넸다. 그러던 어느 날 장롱이 사라졌다. 언젠가는 떠나보낼 물건이었지만 복잡미묘한 기분이 드는 건 어쩔 수 없었다.

손가락 하나만 움직이면 물건을 빠르게 문 앞으로 배송시킬 수 있는 세상답게 새 장롱이 금세 집에 도착했다. 구매가 간편해진 만큼 쓰고 버리는 물건이 많아졌다. 퇴근길에 별 생각 없이 들른 쇼핑몰 매대에서 한 철만 입겠다며 습관적으로 산 옷들이 떠오른다. 사람들이 몰려 있는 곳을 기웃거리다보면 어느새 내 손에는 쇼핑백 하나가 들려 있곤 했다. 장롱의 명예퇴직을 지켜보고 물건에도 혼이 있다는 말을 믿게 되었는데 소비가 쉬운 세상에서 물건과 가까워지는 일은 이제 추억으로만 둬야 하는 걸까? 또 다른 추억을 만들기 위해 나만의 기준을 세워보았다.

첫째, 가지고 있는 물건이 제 기능을 할 수 있다면 굳이 바꾸지 않는다! 매일매일 새로운 기술로 중무장한 신상품들이 쏟아져 나오지만 화려한 기능들은 내가 주로 사용하는 기능과는 거리가 멀었다. 특히 휴대폰이나 여행용 카메라 같은 일상적인 물건은 새 기능이 얼마나 화려하든 평소 사용하는 기능은 항상 비슷비슷했다. 나는 단순히 열고, 찍고, 닫는 사람인지라 특별한 기능은 필요하지 않았다.

둘째, 또 다른 쓰레기를 만들기 위해 물건을 사는 건 아닌지 깊이 고민한다! 제로 웨이스트 팝업숍을 몇 차례 방문할 기회가 있었다. 아기자기한 생활 소품들에 정신이 팔려 열심히 구경하던 중 굵은 선으로 무심하게 툭툭 짜인 에코백이 눈에 들어왔다. 너무 마음에 들어 그 앞에서 한참을 서성이고 있는데 문득 집에 에코백이 몇 개나 된다는 사실이 떠올랐다. 그런데도 이걸 또 산다고? 제로 웨이스트(Zero Waste, 쓰레기를 배출하지 않고, 불가피하게 발생되는 잉여자원들을 순환시켜 낭비 없는 생활을 영위하는 것)라는 말이 무색해지는 순간이었다.

만약 새로운 물건을 집에 들인다면 기존에 있던 물건은 어디로 가는 걸까? 쓰레기통에 쑤셔 박히거나 손이 닿지 않는 구석에서 먼지만 뒤집어쓰겠지? 물건을 재활용하거나 버리는 데에도 자원이 든다. 환경을 생각하는 물건을 새로 구매하는 것보다 집에 있는 물건을 재사용하는 게 더욱 환경을 위한 일이 아닐까? 참고로 면 에코백은 131번 이상 사용해야 환경을 위한 일이 된다고 한다.

물건은 함께하는 시간이 길어질수록 물건 그 이상의 의미를 가진다. 잘 길들여져 발을 착 감싸는 신발처럼 서로에게 딱 맞는 모습이 되어간다. 이렇게 물건과 사람이 함께 맞춰나가는 일도 꽤 멋지지 않은가? 나는 휴대폰이든 카메라든 하나둘 늘어나는 스크래치가 부끄럽지 않다. 오히려 함께하는 시간이 늘어남에 감사할 뿐이다. 오늘도 같은 하루를 살아가는 모든 물건에 묘한 우정을 느낀다.

가끔은
딴짓도 할래

덕질 전용 통장을 하나 만들고
스트레스를 받을 때마다 소액을 이체했다

행복한 덕질을 위해
총알 모을 기회를 주시다니
감사해라

+2000
+1000

만약 굿즈를 구입한다면
쓰임새가 확실한지, 실용적인지를 따졌고

열쇠고리?

..안 쓰는데

패스

패스 패스

이거다

회의 때도 쓰고
미팅 때도 쓰고
낙서할 때도 쓰고

이렇게 마음속 방이 하나 더 늘어났다

돈 쓰기도 전략적으로 ✦ 💯

'졸린데 음악이나 들을까?'

오후 2시가 되자 노곤함이 몰려왔다. 잠을 쫓기 위해 신곡 플레이리스트를 뒤적였다. 별 생각 없이 흥얼거리며 업무를 하고 있는데 마음에 쏙 드는 멜로디가 흘러나왔다. 홀린 듯 한 번 더 재생했고, 그 순간 직감적으로 느꼈다. 새로운 포털이 하나 더 열렸구나! 흔히 '덕통 사고'라고 말하는 순간이었다.

덕질의 종류는 무궁무진하다. 특정 인물, 취미활동, 옷, 운동, 게임, 물건 수집……. 구분할 수만 있다면 그게 바로 덕질 대상이다. 어느새 잔잔하게 스며든 자신을 발견했다면 그 순간 덕질 라이프가 시작된 것이다.

본격적인 고민이 생긴 건 내 가수님의 콘서트가 열린다는 소식을 접한 뒤였다. 콘서트라니! 같은 취향을 가진 사람들이 한 공간에 모인다는 사실만으로도 충분히 엉덩이가 들썩거릴 만했다. 가지 않을 이유가 없었다. 다만, 오프라인 콘서트에 참여하려면 온라인 화면으로 응원할 때와 달리 티켓값 등 지불해야 할 것이 꽤 있었다. 거기에다 굿즈까지 구매한다면? 타오르는 덕심 앞에서 돈 몇 푼이 뭐가 중요하겠느냐마는 불타는 열정을 모두 품기엔 나는 현실에 찌든 인간이었다. 당분간은 정신을 똑바로 차리고 긴축 재정에 들어가야 할 판이었다. 물건 하나를 살 때도 심사숙고하던 버릇이 이 순간에도 발휘되었다. '덕질'과 '합리적인 소비'는 아무리 생각해도 어울리지 않는 단어였다.

하지만 타협할 순 있었다. 무엇이든 미리 잘 준비해 놓는다면 미래의 내가 부담해야 할 몫이 줄어든다. 우선 덕질 자금부터 확보했다. 덕질은 내 일상의 '플러스알파'로만 존재하도록 별도의 덕질 통장을 만들었다. 그리고 스트레스 받는 일이 있으면 덕질 통장으로 소액을 이체했다. 돈과 함께 스트레스도 보낸다는 나만의 마인드 컨트롤이었다. 일종의 '홧김 비용'과 같은 셈이다. 주로 3천 원 내외의 부담 없는 금액이 쌓여갔다.

스트레스를 잔뜩 안고 집으로 돌아온 날은 덕질 영상을 찾아보며 하루의 피로를 풀었다. 연주자에게 공연비를 내듯 덕질 통장으로 보낸 소액은 스트레스 해소에 대한 값이었다. 스트레스는 덕질을 응원해주는 훌륭한 후원자가 되었다. 비록 소액이었지만 덕질 통장에는 꽤 의미 있는 금액이 모였다.

마음에 드는 굿즈를 모두 구매할 수 있다면 참 좋겠지만 안타깝게도 우리의 지갑은 한계가 있다. 두 번째 플랜을 계획해야 한다. 내가 택한 방법은 실용적인 굿즈 위주로 구매하는 것이었다. 먼지가 잔뜩 쌓인 채 장식품 노릇을 할 가능성이 있는 굿즈는 과감하게 패스하고 실생활에서 사용 가능한 굿즈를 선택했다. 자의든 타의든 언젠가는 굿즈를 버려야 하는 순간이 온다. 한 번도 사용하지 않은 새 상품으로 버려지는 물건보다 마음껏 사용한 물건이 더 값어치 있지 않을까?

그리고 하나 더! 굿즈를 위한 전용 공간이 있어야 했다. 덕심이 아무리 활활 타올라도 내 일상 공간을 침범하지 않도록 굿즈만을 위한 공간을 만들었다. 그와 동시에 덕질 공간이 부족해지면 굿즈를 정리해야 한다는 규칙도 만들었다.

나는 여건이 된다면 굿즈보다는 오프라인 경험에 투자하는 걸 선호한다. 굿즈로 언제 어디서나 만족감을 느끼는 것도 좋지만 만족의 수명을 비교하자면 오프라인에서 쌓은 기억의 수명이 더 오래 지속되었기 때문이다. 원할 때마다 꺼내볼 수 있는 추억은 그 무엇으로도 대체할 수 없는 힘이 되어준다.

마음속에 여러 개의 방을 만들어두고 각각의 방을 좋아하는 것들로 채워가는 건 참으로 행복한 일이다. 스스로 짠순이라 칭하며 한순간도 허투루 돈을 써서는 안 된다고 생각했다. 하지만 나는 대가를 바라지 않고 시간과 애정을 쏟을 수도 있는 사람이었다. 돈을 모으는 일이든 덕질이든 열정을 마음껏 쏟아낼 수 있는 순간은 그렇게 자주 오지 않는다. 그러니 솔직해지자. 감정을 스스로 컨트롤할 수 있는 힘을 기르며 좋아하는 걸 좋아한다고 용기 있게 말할 수 있는 사람이 되자.

TIP. 나의 덕질 전리품 ✦

CD
유일하게 고민하지 않고
구매를 누르게 만드는 물건

배지
티 나지 않으면서도
어디든 달 수 있는
기분전환용 아이템

고무팔찌
전리품마냥
모으는 콘서트
기념 팔찌

콘서트 티켓
구겨지지 않게
모셔온 티켓들

사진
어디선가 나눔받은 사진

연필
가장 실용적일 줄 알았지만
아까워서 쓰지 못하는 게 함정

이 정도면
괜찮아

돈 쓰기도 전략적으로 ✦ 199

다이어트를 할 때 가장 힘들었던 건 숨이 가빠지는 운동이 아니었다. 마지막 하나를 외치며 몸을 들어 올리고 나면 오히려 개운한 기분이 들었다. '다이어트=힘든 것'이라 생각하게 만든 건 배에 뭔가 차올랐을 때쯤 식사를 멈추는 일이었다. 그 작은 숟가락을 적당한 순간에 내려놓는 게 왜 그렇게 어려운 건지!

저녁 약속에서도 마찬가지였다. 분명 배부르다며 숟가락을 내려놓았으면서 얼마 지나지 않아 나도 모르게 습관적으로 한 입 더 먹었다. 그렇게 하나둘 쌓인 양이 다음 날 더부룩한 속을 만든다는 걸 잘 알면서도 나도 모르게 한 입, 또 한 입 먹었다.

과식을 한 경험은 비단 음식만이 아니다. 1년 중 과식을 할 가능성이 큰 몇몇 시기가 존재하는데, 특히 휴가철에 정신을 똑바로 차려야 한다. 자고로 여행의 시작은 여행 준비부터 시작하는 법! 내가 숙소를 고르는 기준은 '깔끔하면서 청결할 것!'이다.

기본만 보자는 확고한 기준을 가지고 숙소 예약 사이트를 검색한다. 10만 원짜리 숙소를 비교하다보면 그보다 조금 더 깔끔한 12만 원짜리 숙소가 보이고, 그렇게 조금 더 검색하다보면 확실히 세련된 15만 원짜리 숙소가 시선을 사로잡는다. 분명 10만 원짜리 숙소도 내 기준에 충분히 부합했는데 어쩐지 알아보면 알아볼수록 눈이 더 높아지는 듯하다. 그리고 어느 순간 '그래! 하루를 마무리하는 곳인데 이 정도는 투자해도 괜찮아'라며 나름의 이유를 늘어놓는다.

그렇게 숙소를 결정하면 스튜디오, 디럭스, 스탠다드 등 또 다른 선택이 기다리고 있다. 돈을 조금만 더 내면 방을 업그레이드해주겠다고 유혹하기도 한다. 결국 그 전에 고민했던 숙소들의 등급별 가격까지 모조리 확인한 뒤에야 최종 선택을 할 수 있다. 선택할 수 있는 자유가 늘어난 건 좋은데, 어째 고민에 쏟는 시간이 상당히 늘어난 듯하다.

한창 여행 붐이 일었던 시기에 있었던 일이다. 폭발적인 수요에 신난 면세점이 할인 쿠폰을 엄청나게 풀었다. 운이 좋았던 건지 나빴던 건지 그때 처음으로 인터넷 면세점의 존재를 알게 되었다. 정가보다 50% 싸게 살 수 있는 상품도 있었다. 알고 있는 할인이라고는 최저가 검색과 포인트 모으기밖에 없던 내게 인터넷 면세점은 진정한 신세계였다. 장바구니에 평소 사용하는 화장품도 담고, 요즘 난리라는 향수도 담고, 여행 가서 사용할 가방도 야무지게 담았다. 평소 같았으면 로드숍 제품으로도 충분히 만족했을 텐데 이곳에선 아니었다. 왜냐고? 든든한 쿠폰님이 계시니까!

하지만 다행히 금방 정신을 차렸다. 굳이 필요 없는 물건을 '할인'이라는 이유 하나만으로 장바구니에 가득 담아놓은 걸 보자 정신이 번쩍 들었다. 결국 정말 필요한 물건 몇 개와 기분을 낼 수 있는 물건 하나로 합의를 보았다. 소유하는 행복을 여러 물건에 나누기보단 하나에 집중시키기로 결심한 것이다.

정말이지 이 세상은 선택의 연속이다. 특히 여행처럼 작정하고 소비를 할 때면 더더욱! '맞춤'이라는 단어가 붙은 곳이 많아지니 선택해야 하는 폭도 넓어진다. 하나하나 맞춰주는 건 참 고맙지만 밀려오는 선택지에 이리저리 휩쓸리는 건 대단히 고단하다.

그럴 때일수록 내 안의 확고한 기준이 중요하다. 현재 나의 상황, 그 물건을 택한 이유를 잘 생각해야 한다. 내 쇼핑 리스트에는 마지노선이 그어졌다. 나는 세상 모든 걸 다 가질 수 없다는 사실을 잘 알고 있는 어른이니 내 안의 아이와 타협하기로 했다. 시작은 소비였지만, 곧 다양한 일에도 적용해나갔다.

"남들은 요즘 이런 걸 한다던데, 너는 왜 못해?"

"이 사람은 몇 개월 만에 네 연봉 정도는 쉽게 모은대. 정말 대단하지 않아?"

다른 상황에 있는 사람과 나를 똑같은 잣대로 바라본 적도 있었다. 남들이 간다고 해서 그 길을 따라가려고 한 적도 있었다. 다른 사람을 어디까지 쫓아갈 건지 브레이크를 걸지 않은 게 문제였다. 마음처럼 되지 않는 상황에 심술이 나 떼를 쓰는 아이에게 다시 한 번 어른이 필요한 순간이었다. 상황을 조곤조곤 설명하고 만족할 수 있는 기준을 함께 세웠다. 한 입 더 먹는다고 몸이 좋아지는 건 아니다. 체하지 않도록 멈출 수 있는 용기도 필요하다.

미래를 위한 선물

나는 돈을 모으면 뭐라도 바뀔 거라는 환상을 가지고 있었다. 미래를 위해 오늘부터 준비한다는 건설적인 이미지라도 가지고 싶었던 걸까? '오늘부터 돈을 모은다!' 그렇게 정했다. 매번 반복되는 밥그릇 반 공기로 줄이기처럼 호기롭게 다짐했다. 그렇게 시작된 돈 모으기는 생각보다 꽤 순조로웠다. 월급이 들어오면 매달 정해둔 금액을 따로 떼어놓기만 하면 되는 아주 간단한 루틴이었다. 하지만 요즘 세상에 소비를 부추기는 것이 어디 한두 개인가. 목표가 없다면 금세 시들해질 것 같아 1억 원 모으기를 목표로 잡았다.

1억 원은 꽤 상징적인 숫자다. 그만큼 사람들의 입에 오르내리는 빈도도 압도적이다. 누구는 1억 원을 모으는 것보다 투자를 먼저 해야 한다고 했고, 다른 누구는 저축을 통해 1억 원을 모으는 것이 먼저라고 했다. 나는 투자와 저축, 둘 중 어느 하나에도 확실하게 속하지 않았다. 돈에 대해 아는 게 전무해 처음부터 포지션을 정하는 일이 무척이나 어려웠다. 그저 일단 돈을 모으다 보면 그 과정에서 뭔가 깨닫는 것이 있지 않을까 하는 막연한 기대감만 있었을 뿐이다. 그렇게 시작은 허술해도 끝은 창대할 것이라는 근거 없는 자신감으로 첫 저축액을 입금했다.

이 세상엔 돈을 쓰지 않고도 재미있는 일이 많았다. 내겐 저축이 그랬다. 1년, 2년, 3년⋯ 기계처럼 반복하니 해마다 목표 금액에 점점 가까워졌다. 모으는 재미를 알게 되자 모이는 속도도 빨라졌다. 그리고 저축액을 늘리고 싶은 나의 욕심도 점점 커져 갔다. 하지만 저축은 한정된 소득 내에서 돈을 분배하는 일이라 저축액을 무한정 늘릴 순 없었다. 최소한의 생활비는 필요했다. 곧 한

계가 느껴졌다.

저축 습관을 길러보자는 첫 번째 미션을 어느 정도 완수하니 곧바로 두 번째 미션이 생겼다. 이제는 돈을 더 벌 수 있는 방법을 고민할 차례였다. 돈을 모은다는 건 자신에게 꼭 필요한 소비와 그렇지 않은 소비를 구분하는 능력을 키우고, 불쑥불쑥 올라오는 지출 욕구를 조절하는 과정이었다. 반면, 돈을 더 번다는 건 내가 관심 있고 꾸준하게 잘할 수 있는 일을 찾아가는 과정, 나에게 집중하는 단계에서 다른 사람들에게 어떤 가치를 제공할 수 있는가로 영역을 확대해나가는 과정이었다 하지만 결론적으로 '나'를 알아가는 소중한 시간인 건 둘 다 마찬가지다.

매일 반복되는 일상에서 사람을 발전하게 만드는 건 다름 아닌 목표다. 저 멀리 보이는 깃발을 따라가다 보니 어느새 앞으로 훌쩍 전진해 있는 나를 발견할 수 있었다. 그렇게 나는 또 다른 목표를 세웠고, 더욱 성장한 나를 만날 수 있었다.

삶을 살면서 '그래도 될 때'가 있다. 사회초년생 시기는 조금은 이기적이어도 되는, 두 번 다시 오지 않을 황금 같은 시기다. 책임질 것이 많지 않아 비교적 자유로운 시기! 그 누구의 눈치도 보지 않고 밤새 놀아도 되고, 새로운 도전을 즐겨도 좋다. 원하는 모습대로 살아도 큰 문제가 없다. 잔소리를 좀 들을 순 있겠지만 그것도 잠시뿐이다. 하지만 슬프게도 이 자유는 시간이 흐르면서 점점 줄어든다. 부양해야 할 가족들이 늘어나서, 나를 필요로 하는 곳이 상대적으로 줄어들어서, 기대치가 점점 높아져서……

누군가는 겁이 많다고 할지도 모르겠다. 하지만 걱정 또한 나를 움직이게 하는 매우 좋은 요소다. 무시할 수 없는 불안함이라면 해결이라도 해봐야 하지 않을까? 정말 큰 위험이 닥쳤을 때 끝 모를 무력감에 빠져 있기보다는 할 수 있을 만큼 발버둥을 쳐봐야 나중에 후회가 남지 않을 것이다.

나는 스스로를 책임질 수 있는 사람이 되고 싶다. 미래의 내가 하고 싶은 일이 생겼을 때 고작 돈 때문에 포기하는 일이 없었으면 좋겠다. 내 선택을 기꺼이 존중할 수 있는 여유를 갖기 위해 지금부터 준비하려 한다. 지금은 얼마 안 되는 푼돈이 간절히 원하는 게 있는 미래의 나에게는 큰 힘이 되어줄 수도 있기 때문이다.

　과거에 경험한 모든 일과 선택이 현재에 영향을 미친 것처럼 지금의 행동도 미래에 영향을 미칠 것이다. 오늘, 이번 주, 이번 달이 10년 후, 30년 후의 나에게 어떤 모습으로 다가올지는 알 수 없다. 지금의 내가 열심히 돈을 모으는 이유는 미래의 나를 열렬히 사랑하고 있음을 나만의 방식으로 표현하고자 함이다.

　순전히 돈이 궁금해 시작했던 돈 공부는 나를 위한 선물로 바뀌었다. 앞으로 이 선물이 언제 어떻게 쓰이게 될지 너무나 궁금하다. 분명 의미 있게 쓰이겠지. 그래서일까? 귀여운 수준의 월급이지만 절대 가볍게 느껴지지 않는다. 어딘가에서 각자 자신의 목적지를 향해 나아가고 있을 친구들을 오늘도 온 마음으로 응원한다.

딩동! 월급이 입금되었습니다

초판 1쇄 발행 | 2022년 12월 2일

지은이 · 똔구리(권서영)
발행인 · 이종원
발행처 · (주)도서출판 길벗
브랜드 · 더퀘스트
출판사 등록일 · 1990년 12월 24일
주소 · 서울시 마포구 월드컵로 10길 56(서교동)
대표전화 · 02) 332-0931 | **팩스** · 02) 332-0586
출판사 등록일 · 1990년 12월 24일
홈페이지 · www.gilbut.co.kr | **이메일** · gilbut@gilbut.co.kr

기획 및 책임편집 · 이재인(jlee@gilbut.co.kr) | **제작** · 이준호, 손일순, 이진혁
마케팅 · 정경원, 김진영, 최명주, 김도현, 이승기 | **영업관리** · 김명자 | **독자지원** · 윤정아, 최희창

교정교열 · 김동화 | **디자인 및 전산편집** · MALLYBOOK
CTP 출력 및 인쇄 · 예림인쇄 | **제본** · 예림바인딩

ⓒ 똔구리(권서영), 2022
ISBN 979-11-407-0219-0 (03810)
(길벗 도서번호 070477)

정가 : 15,500원

독자의 1초까지 아껴주는 길벗출판사

(주)도서출판 길벗 | IT교육서, IT단행본, 경제경영서, 어학&실용서, 인문교양서, 자녀교육서
www.gilbut.co.kr
길벗스쿨 | 국어학습, 수학학습, 어린이교양, 주니어 어학학습, 학습단행본 www.gilbutschool.co.kr